O NOSSO JUIZ

Marcelo Carneiro da Cunha

O NOSSO JUIZ

EDITORA RECORD
RIO DE JANEIRO • SÃO PAULO

2004

CIP-Brasil. Catalogação-na-fonte
Sindicato Nacional dos Editores de Livros, RJ.

C979n
Cunha, Marcelo Carneiro da, 1957-
    O nosso Juiz / Marcelo Carneiro da Cunha. – Rio de
Janeiro: Record, 2004.

    ISBN 85-01-07097-1

    1. Romance brasileiro. I. Título.

04-2411
    CDD – 869.93
    CDU – 821.134.3(81)-3

Copyright © Marcelo Carneiro da Cunha, 2004

Direitos exclusivos desta edição reservados pela
DISTRIBUIDORA RECORD DE SERVIÇOS DE IMPRENSA S.A.
Rua Argentina 171 – Rio de Janeiro, RJ – 20921-380 – Tel.: 2585-2000

Impresso no Brasil

ISBN 85-01-07097-1

PEDIDOS PELO REEMBOLSO POSTAL
Caixa Postal 23.052
Rio de Janeiro, RJ – 20922-970

EDITORA AFILIADA

Para o vizinho duas casas depois da minha, que entre os meus zero e cinco anos de idade me deixava atravessar os quintais cheios de sapos e outros animais selvagens entre nossas casas para ver televisão e que, bem mais tarde, me trouxe algumas das histórias que fizeram esse livro possível.

Para o Jorge Furtado, que tanto contribuiu para que essas histórias se transformassem em *O nosso Juiz*.

E, por muitos e muitos motivos, para o meu pai.

Este livro foi criado de uma maneira particular, com o meu argumento original transformado em uma história juntamente com o cineasta Jorge Furtado, que dela fez um roteiro. Assim, temos os seguintes créditos:

O nosso Juiz
— argumento de Marcelo Carneiro da Cunha
— desenvolvimento da história por Jorge Furtado e Marcelo Carneiro da Cunha
— romance de Marcelo Carneiro da Cunha.

Estes créditos descrevem de maneira aproximada, mas insuficiente, toda a contribuição do Jorge. Já o romance, no que ele se tornou, é de minha completa responsabilidade, no que isto significar.

Marcelo Carneiro da Cunha

No dia em que o nosso Juiz chegou a São João o termômetro marcava doze graus às dez horas da manhã, como Dalton anotou com cuidado no caderno de fiado do armazém. Dalton tinha essas manias, e o caderno não mostrava tantos débitos quanto seria de esperar, uma vez que eram apenas dois os armazéns em toda a cidade — mais de dois talvez, mas então estaríamos considerando algumas das vendas de esquina, bolichos, como os chamavam os daqui; um balcão e produtos de qualidade escassa ou nenhuma, compras para tropeiros de passagem, ou ainda boas o bastante para os ainda mais pobres do que a média de São João, ela mesma uma média muito mais baixa do que a das outras cidades da serra, coisa que insiste em não se modificar, a não ser para pior, dizem, enquanto os anos passam.

Dalton não era um vendeiro muito bom, apesar de pertencer já à terceira geração de vendeiros na família. Desde sempre tínhamos encontrado um Dalton por trás do balcão escurecido recebendo os nossos pedidos; era por isso que todos fazíamos um esforço sincero para ajudar na preservação da espécie condenada dos Dalton e outros como ele, os pequenos comerciantes, vítimas de um futuro incerto ou destinado aos hipermercados e shopping centers, como os que hoje se multiplicam em Porto Alegre e em Caxias, atração turística mais do que irresistível para todos os de São João em visita à capital, em compras ou apenas em olhares e passeios de escada rolante, algo com que nunca, nunca nos acostumamos, os daqui.

Antecipando a compaixão que o futuro nos faria sentir em relação a Dalton, seguíamos tentando ajudar de alguma forma, apesar de o bom senso nos dizer para fugir dali enquanto era tempo; apesar dos defumados que balançavam com cores suspeitas em uma viga, apesar de nunca qualquer de nossas contas chegar ao fim do mês com uma relação mais ou menos próxima com o que tivéssemos realmente consumido. Apesar de tudo, tentávamos, trocando olhares sem jeito ao encontrarmos um ou outro conhecido no armazém na mesma missão salvadora, vítimas todos nós da vida em uma cidade pequena, onde nenhum infortúnio consegue passar despercebido, nenhuma questão individual permanece individual por mais tempo do que alguém leva para quebrar a promessa de silêncio feita por quem nunca pretendeu cumprir a quem nunca realmente acreditou que ela pudesse ser cumprida, não em São João, não aqui, ao menos.

Dalton já se encontrava na época — e isto apenas iria ficar mais grave antes do internamento em um hospital de Caxias para sessões de eletrochoque — vários passos além da nossa capacidade de auxiliá-lo em seus negócios, e, para nossa tristeza, era visível que o armazém teria pouco tempo de vida, restando apenas o tambo de leite que a mulher de Dalton seguiria tocando até nos pasteurizarmos todos, nos anos seguintes. Mas ali e naquele dia já era visível que a combinação de modernização econômica pela qual o país iria passar com a implacável marcha da forma suave de demência que se insinuava ao redor de Dalton, esta sim seria o fim para o armazém; porque quando Dalton se foi, isto aconteceu por motivos que a ele pertenceram. A cidade, esta nunca o abandonou.

Mas naquele dia da chegada do Juiz a São João, o primeiro supermercado da cidade, símbolo da obsolescência programada para os Dalton, não era mais do que um sonho de Ronaldo Vieira, o presidente da nossa Câmara de Comércio e empresário honoris causa de São João. Dalton seguia colocado atrás do balcão escuro, sem ter muito para vender ou fiar, enquanto, alinhadas sobre o caderno que deveria servir para adicionar nossas dívidas materiais para com ele se viam anotações sobre o tempo, temperaturas máximas e mínimas, dias do ano em que havia acontecido geada ou mesmo neve, uma paixão de Dalton que nunca entendemos, e para a qual nunca nos importamos em tentar descobrir causas ou qualquer outra explicação.

Não que fôssemos desatentos uns com os outros, muito ao contrário. Simplesmente tínhamos este pacto não-escrito, não-verbal e estritamente observado, que determinava que os habitantes nascidos e crescidos em São João tinham o direito eterno; desde que não desafiassem nenhum dos mandamentos celestes estabelecidos e controlados pelo nosso padre Estevan, ou algum dos mandamentos terrestres sob a jurisdição do Dr. Linhares; o direito, como eu dizia, de serem todos os habitantes da cidade, área urbana ou rural, tão excêntricos quanto sentissem necessidade ou vontade de ser, e seriam acompanhados por toda a complacência possível, e seriam protegidos dos olhares desdenhosos dos que não pertencessem a este pedaço de mundo com todas as nossas forças, e seus familiares teriam a nossa condolência e apoio, e tudo lhes seria perdoado, desde que não ofendessem nossas parcas instituições em público e se mantivessem calmos na vida privada.

Assim era Dalton, e, portanto, comprávamos no seu armazém — mesmo que quase tudo pudesse ser encontrado em maior variedade e com melhor qualidade no outro armazém, poucos metros adiante na rua principal —, e por ele escutávamos com atenção os comentários sobre os invernos em 57, 51 ou mesmo 43, dependendo do seu humor ou memória naquele dia em particular, oferecíamos informações do clima dos lugares onde tivéssemos estado, e abanávamos a cabeça para os outros fregueses que estivessem no armazém na mesma hora, cúmplices.

Nesta manhã não havia ninguém mais, e era uma surpresa que Dalton estivesse lá, uma vez que a cidade havia concordado num ponto facultativo informal — a vinda do Juiz considerada importante o bastante para cessar a atividade até mesmo no colégio das freiras sem que este fosse o dia de qualquer santo de boa hierarquia. Talvez Dalton já estivesse mais adiantado no seu processo de saída desta realidade do que percebêssemos, porque se mostrava alheio à data e atento apenas ao termômetro.

— Doze graus, o senhor veja só! — falou.

Eu não conseguia perceber no que doze haveria de ser um número notável na história das manhãs de São João, mas, para Dalton, ele parecia provocar uma satisfação especial.

— Doze! — falou de novo, sorrindo.

Aquela era uma ótima temperatura, levando-se em conta o clima difícil de São João. Teria sido mais ou menos normal para uma manhã de janeiro, e era muito agradável para um dia de agosto, como este. Aquele tinha sido um inverno duro, várias vezes Mariana havia me chamado para o mate pela manhã com um sorriso, segurando uma peça qualquer de roupa deixada ao relento, endurecida como uma tábua. Mariana brincava assim com meu passado paulistano e meu espanto dos primeiros anos com o frio do Sul. A brincadeira já não fazia mais sentido, já há muito eu era um convertido ao amor pelo frio espesso da serra, mas havia uma escassez tal de mágicas em São João, que nos apegávamos muito aos nossos pequenos truques, Mariana não sendo qualquer exceção, claro.

Era por insistência dela que eu estava agora no armazém, em vez de me juntar aos outros na praça. Eu tinha falado que não queria perder a chegada. Ela me chamou de criança e insistiu que não teria tempo mais tarde, que precisávamos de algo para oferecer ao Juiz caso ele desejasse ir à nossa casa logo ao chegar. Eu não via por que tivéssemos que oferecer qualquer coisa e não acreditava que o Juiz chegasse à cidade interessado em visitar a casa do escrivão, mas para Mariana a vinda do Juiz representava uma nova espécie de terror social que invadia nossas vidas, e qualquer coisa que a fizesse um pouco mais tranqüila ajudaria a reduzir a tensão que ocupava a cidade inteira e a nossa casa havia dias; então tinha falado a ela que não me esperasse, que fosse logo para a praça, e eu a encontraria assim que tivesse comprado alguma coisa digna de um juiz.

O armazém do Dalton não podia oferecer muita ajuda, a não ser que tivéssemos a sorte de receber um juiz apreciador de fumo de rolo e rapadura, erva-mate de Palmeira, lingüiça forte, farinha de mandioca, pacotes de bolachas de sal, cadernos de escola ou um tarro com leite, e eu olhava em redor, desanimado, quando escutei os primeiros gritos na praça e vi Dalton abrir o caderno de notas apressado, olhando o relógio e o termômetro colocados na mesma parede, naturalmente.

Olhei o relógio também. Ele mostrava dez e pouco, e um automóvel, um Aero-Willys preto-judiciário, contornava a praça. Em vez de fazer a volta na igreja e seguir em frente no caminho de Campos — um lamaçal cuidadosamente mantido tão intransitável quanto ousássemos, sem provocar suspeitas excessivas ou reclamações ao governador na capital —, o automóvel reduziu a marcha e parou diante da prefeitura, onde esperavam por ele as nossas autoridades, as crianças do colégio das freiras, as crianças da escola estadual e boa parte da população adulta de São João.

Andei para me juntar aos outros, e Mariana pareceu não perceber que eu não tinha comprado nada. Ela pegou a minha mão e deu um sorriso ausente, enquanto aguardávamos. Eu sabia o que Mariana desejava em segredo, minha Mariana, tão clara em seus pequenos sonhos; que eu me adiantasse em discurso, que brilhasse um pouco por nós dois, era o que ela sonhava. Mas eu sabia o que fazer e as instruções tinham sido claras. Eu devia ajudar o Juiz no que ele precisasse, mas também devia esperar para que ele me dissesse o que precisava. Discrição, sempre ela. Qual outra qualidade mais apreciada no Judiciário nestes ou naqueles tempos?

Próximo a nós, o prefeito enviou um sorriso nervoso e de ao menos um dente dourado; um homem à antiga o nosso prefeito, e que tinha passado por tempos difíceis, dividido entre o desejo de se mostrar um líder no momento mais importante da vida de São João e a noção de que dificilmente teria algo para dizer que estivesse à altura da ocasião. A mulher dele também teria sonhado com o marido em discurso diante do Juiz, mostrando não ser a marionete do Dr. Linhares que todos pensavam. O prefeito, no entanto, tinha uma visão mais correta das coisas. Mesmo em São João prefeitos precisam de uma quantidade mínima de bom senso político; sabem dos riscos e os evitam, beijam crianças, prometem abertura de estradas e postes de luz, prometem postos de saúde e escolas; a memória do povo, ao contrário da memória dos mandantes, é curta, e as eleições são espaçadas justamente por isso, é o que sempre pensei. Para se manter no cargo, com direito a um automóvel apenas um pouco menor ou menos imponente do que o do Dr. Linhares, bastava a sensibilidade de procurar a sombra nas horas certas. De tudo isso sabia o nosso prefeito, e, assim, tinha se livrado da empreitada passando a honra e a tarefa ao Dr. Dantas, nosso médico ocasional e dirigente da roda de pôquer no Clube Comercial, a mais estável instituição que São João jamais conheceu. Dantas era o homem mais culto da cidade até a notícia da vinda do Juiz, e tinha tomado o convite como um desafio capaz de restaurar o seu prestígio. Dantas era um filho da terra autêntico o bastante para saber que o que realmente importava não era o que o Juiz escutasse, mas o que a cidade falasse a si mesma. Que era São João quem queria aquele momento mais do que tudo. São João, a Pequena, a Desimportante, a Desprovida de Graças, era ela quem ascendia à segunda metade do século 20, e era ela quem precisava de alguém que lhe garantisse estar à altura da tarefa. Dantas tinha organizado em treze laudas um histórico da cidade, relatando os feitos heróicos imaginados para elevar os seus fundadores, tropeiros paulistas vindos ao Rio Grande em busca de charque, ao mesmo nível dos pioneiros das planícies norte-americanas.

Dantas apareceu na minha casa um dia antes, para pedir que lesse o discurso.

— Para dizer o que acha — falou, quando Mariana saiu da sala. Era surpreendente o fato de Dantas solicitar uma opinião a quem quer que fosse; era claro que pedia discrição com os olhos e com o jeito nervoso das mãos.

Eu gostava de Dantas, talvez o entendesse um pouco melhor do que os outros. Ele era um caso de talento ou inquietude quase excessivos para São João. Havia ainda mais um ou dois como ele, todos acabariam por deixar a cidade, cada um no seu tempo, menos Dantas, fiel por muitos anos ao seu sonho de não ir para outro lugar que não o Rio de Janeiro. "Aposentadoria e Leblon", ele insistia para os que ainda escutavam. "Praia, mulheres bonitas para olhar. Nada desse frio subumano."

O sonho tinha resistido a muitos anos de repetição, mas não ao menino com uma faca que quase remove uma das mãos da mulher de Dantas, a que carregava uma pulseira que não saía, por mais que o menino puxasse. "Vou cortar essa mão fora", ele tinha gritado para Dantas, que ainda teve presença de espírito para ajudar a remover a pulseira. Um arrastão no Rio de Janeiro, no ano ainda longínquo de 1982, seria o argumento para Dantas revelar sua condição final de são-joanense, cumprida pelo ritual definitivo de nascer na terra, viver nela — bem ou mal — e nela morrer, amaldiçoando os dias passados longe daqui, todos e cada um deles.

No texto escrito por Dantas, que li enquanto ele passeava pela sala, o Dr. Linhares aparecia como um descendente de bandeirantes e tomado pelo mesmo espírito desbravador, enquanto os Linhares mais antigos, lutando junto a Júlio de Castilhos e Borges de Medeiros, tomavam o lado certo nas guerras que redividiam a terra e ganhavam para si mais quadras de campo do que seria decente mencionar. Dantas, ao que me parecia, listava tudo o que era importante listar, omitia as passagens corretas e conseguia ser vago ao mesmo tempo que afirmativo.

— Devia se candidatar a deputado — eu disse ao encerrar a leitura, tocando — sem o saber — num ponto frágil das defesas de Dantas.

— Acha mesmo? — perguntou, com um jeito que me fez sentir envergonhado, no pudor que sempre sinto quando entro por engano nos desejos mais íntimos de um sujeito. Como já falei, eu gostava do Dantas.

Na minha opinião, ele tinha feito um bom trabalho e a cidade o apreciaria por isto, perdoando mesmo alguns dos seus comentários mais cruéis sobre São João, feitos no clube, dois conhaques além do limite do seguro para quem pretende cultivar amigos. Dantas não era um mau homem, e a sua mulher não tinha sonhado com nada para ele realizar no dia da chegada do Juiz, porque simplesmente não era esse tipo de mulher que sonha qualquer coisa para o seu homem — feliz o suficiente por ter conseguido um para si, mesmo com a suspeita de isto ter acontecido mais por uma questão agrária do que por seus encantos, escassos aos trinta e dois anos de idade que tinha na chegada do Juiz, sem terem sido muito maiores em qualquer outra época, que eu lembre.

Enquanto o automóvel trazendo o Juiz completava a volta à praça, e as crianças começavam a se agitar, Dantas sentia ser o homem errado no lugar errado. O Juiz tinha viajado pelo mundo, tinham dito a ele amigos na capital. O Juiz iria encontrar defeitos no escrito e escutar falsidades nos fatos. Ele abominaria a nossa linguagem dos anos 30, e isto iria se transformar em risos nos restaurantes de Porto Alegre, onde o Juiz certamente encontrava a intelectualidade do estado. Tinha sido um grande erro, descobria Dantas, olhando em volta, sem encontrar apoio por estarem todos já bastante necessitados de apoio eles mesmos. Mas era tarde para mudar planos, ele simplesmente não podia fazer o que mais desejava, que era desaparecer dali naquele instante. O automóvel se aproximava, era hora de Dantas tomar fôlego e se preparar. São João aguardava aquele momento havia tempo demais para que ele fosse atrapalhado por escrúpulos.

A frota automotiva completa de São João incluía pouco mais do que o carro do prefeito, o Simca Chambord da polícia e um Renault Gordini comprado por Artur Gonçalves, dono do único cinema da cidade — um erro que disfarçávamos todos em sinal de solidariedade a Artur, vítima da combinação de um anúncio na revista O Cruzeiro, onde o carro aparecia como uma das mais recentes maravilhas da ciência — a Torre Eiffel ao fundo —, com o amor de Artur pelos filmes franceses que por vezes projetava, onde Gordinis, Dauphines e outras jóias igualmente delicadas deslizavam pelas estradas deles, com o piso mais parecendo um salão de baile. Chegando aqui, o Gordini logo deu mostras do que era feito, e nunca, nunca que eu lembre, nunca conseguiu vencer poucos quilômetros até Canela, nunca, por mais que Artur testasse hipóteses sobre aquele motor e seu sotaque suave, por mais que saísse da cidade em horários de pouco movimento para que não percebêssemos, era certo, tão certo como a missa das onze ou os excessos de Dantas após limpar uma mesa no pôquer, tão certo quanto uma briga em qualquer jogo de futebol contra o time de Campos; pouco tempo depois voltava Artur, humilhado, no banco da frente ou mesmo na parte traseira de alguma das caminhonetes que nos ligavam às outras cidades da serra, levando carne e trazendo arroz e outros víveres. O Gordini voltava alguns dias depois, quando se conseguisse um guincho de Campos ou Taquara para o trabalho.

Além destes, tínhamos as picapes dos fazendeiros mais próximos, alguns Volkswagen dos funcionários públicos mais graduados que passavam por lá e o Packard escuro do Dr. Linhares, o símbolo autopropelido do poder em São João, além da única motocicleta da cidade, a Harley-Davidson do filho do Dr. Linhares, Júlio, importada em troca de um lote de madeira enviado para uma fábrica de móveis em Miami.

A motocicleta gostava de asfalto, um luxo encontrado em muito poucas estradas ao redor de São João. E por isso, sempre que estivesse um pouco tenso ou querendo se divertir, Júlio Linhares buscava a RS-7, a estrada com o melhor asfalto desde a última eleição para governador, quando tinha acontecido dinheiro até mesmo para São João. O asfalto liso era tudo o que a Harley pedia, e Júlio Linhares gostava de dar o que ela quisesse, pedindo em troca apenas que continuasse andando bem e sem problemas, porque, quando eles surgissem, qualquer coisa acima de um pneu furado poderia ser um desastre em São João, onde ninguém, Júlio Linhares inclusive, entendia de motocicletas, e a solução mais próxima tinha que ser encontrada em uma viagem envergonhada até Campos, onde os italianos amavam tudo o que fosse mecânico.

Júlio tinha agora vinte anos. Aos dezoito, numa viagem ao Rio de Janeiro, ele tinha visto o seu primeiro filme com James Dean e comprado uma jaqueta de couro preto. Também tinha se apaixonado por uma professora mineira em férias em Ipanema e por uma motocicleta Harley-Davidson em uma loja de Copacabana. Na volta, conseguiu fazer a troca da mineira pela Harley através da insistência da mãe, Dona Ana Linhares, que numa atitude incomum enfrentou e venceu a histórica aversão do Dr. Linhares a gastar dinheiro em tudo o que não fosse campo ou gado ou damas em Porto Alegre. Assim, Júlio era o único homem abaixo dos trinta em São João com uma forma de extravasar o ímpeto da idade em alguma coisa que não se fizesse sobre um cavalo, ou nas brigas durante os bailes, ou atrás de alguma casa, no escuro, com algumas das poucas jovens de São João que já então aceitavam participar deste tipo de jogo.

Todos concordavam que ele era um rapaz de sorte, e a passagem da Harley era uma lembrança disso. Júlio tinha vinte anos demais para se achar com sorte em qualquer coisa e aliviava a angústia da idade na RS-7 sempre acima dos cem quilômetros por hora, como hoje, numa hora em que a cerração ainda nem tinha levantado por completo e a estrada mergulhava na neblina em cada baixada, e ele às vezes via claramente o que vinha pela frente, às vezes precisava adivinhar no meio da cerração o que poderia estar à espera.

Até pouco tempo atrás, não era comum encontrar alguma coisa à frente, e a oposição em Porto Alegre já tinha aproveitado a chance. "Dinheiro público gasto em uma estrada onde quase não passava nada", diziam. Mas não era mais verdade, e disso Júlio sabia. Em número crescente, passavam por ali automóveis, picapes e caminhões com placas de Campos, os gringos orgulhosos na direção, dirigindo o dinheiro recente das indústrias que iam criando tão rapidamente quanto faziam filhos e apenas um pouco mais rapidamente do que São João conseguia fingir não invejar; fábricas de garrafas para o vinho que eles já produziam fazia muito tempo, fabriquetas de manteiga e queijo, de embalagens, duas gráficas, dois moinhos, uma fábrica para transformar carne em quase tudo. Os gringos não paravam a não ser no domingo, e assim mesmo para poder pensar melhor no trabalho da outra semana, e toda a fé de São João em si mesma era continuamente solicitada, no esforço vão de negar a prosperidade que Campos ia construindo naquele ritmo tão frenético.

Júlio e quem dirigia os ônibus para Campos eram os que melhor percebiam o progresso da inimiga, e portanto não os surpreendeu a notícia da vinda de um juiz para Campos. Para eles, aquilo tinha sido previsível e confirmava o que vinham tentando dizer a São João, que tinha preferido não escutar até que fosse tarde demais.

A estrada estava limpa pela chuva de dois dias antes, e o dia ia ser ensolarado. Os pontos com neblina eram poucos, e Júlio sentia o ar gelado fazendo doer as orelhas e o nariz. A serra era assim, o vento de cortar. A velocidade fazia o ar mais frio e duro, e era assim que Júlio gostava. A estrada em curvas fazia do dirigir a motocicleta um teste para reflexos e nervos, e Júlio nunca tinha imaginado que poderia falhar um dia. Ele fazia as curvas um pouco abertas demais — vício de quem sempre tinha conhecido uma estrada tão vazia quanto esta, e que certamente traria problemas quando fosse tentar o mesmo em outras mais trafegadas —, mas enquanto se satisfizesse por assustar apenas São João, Júlio estaria a salvo.

Numa curva que chegou ampla e com pouca cerração, ele pôde ver um automóvel parado. Preto, novo, de um modelo que ele nunca tinha visto tão próximo a não ser na vitrine da Importadora Americana em Porto Alegre, e assim mesmo de passagem. A curiosidade fez Júlio reduzir a velocidade e pensar se devia parar ou não. O motorista do carro estava ao lado, concentrado em trocar o pneu traseiro do lado do motorista. Havia riscos atrás do carro, mostrando que tinha acontecido uma freada forte, e isso interessava. Queria saber mais, iria parar e conversar com o homem.

Este se levantou, como que para reduzir a dor nas costas, e olhou para Júlio, que agora não estava a mais de trinta metros e se aproximando devagar. As mãos do homem estavam pretas, e ele vestia um terno quase preto também, com uma camisa muito branca e uma gravata escura.

Júlio então percebeu quem ele era, e riu para si mesmo. Júlio acelerou a Harley, que fez um ruído alto e disparou, passando rápido ao lado do homem e do automóvel, desaparecendo adiante no mesmo momento em que o homem desistia de entender por que Júlio não tinha parado e se voltava para o pneu e os dois parafusos que ainda faltava colocar, para então recomeçar a viagem.

Quando cheguei ao lado do Dr. Dantas, o automóvel trazendo o Juiz se aproximava da calçada, onde todos se concentravam, atentos. Vi que o suor descia pelo pescoço de Dantas, apesar da temperatura. Nunca tínhamos recebido alguém tão importante e esperado antes, sem contar a vez em que Getúlio, ele mesmo, quase veio a São João. A cidade se preparou com emoção, dizem. São João se pilchou como em dia de casamento. Getúlio não veio. Parece que questões políticas mais importantes o chamaram a São Borja, coisa nada duvidável.

— O escrivão Antônio? — disse uma voz, e chegamos a levar um susto. Um homem tinha saltado do banco dianteiro do automóvel e olhava para todos nós com curiosidade. Aos poucos, todos perceberam que o Juiz, ele mesmo, tinha pessoalmente dirigido o carro.

— O escrivão Antônio — repetiu ele.
— Sou eu — falei.
— Precisei trocar um pneu.

Adeus apertos de mão, pensei, enquanto ele perguntava se não haveria um lugar onde se lavar. O impasse foi resolvido quando alguém se lembrou de acompanhá-lo até uma pia. Quando voltou, sacudindo as mãos ao vento, continuávamos todos lá, tentando descobrir o que fazer com as nossas mãos, colocadas diante ou por detrás dos corpos dos adultos machos, menos felizes do que nossas mulheres e as bolsas que carregavam para todo canto, especialmente úteis nestes instantes.

Olhávamos nosso recém-chegado Juiz e ali estava ele, prova material e inconteste de nossos sonhos realizados, ainda com vestígios de graxa nas mãos, lembrando um suspeito e não um juiz, olhando para nós todos com um sorriso leve por detrás dos óculos, esperando calmamente por uma iniciativa que não conseguíamos tomar por espanto, por respeito, por um sentimento que deve ter dominado Colombo diante do que tomou pelas Índias, por camadas e camadas de emoções indescritíveis, por um sentimento compreendido melhor pelos primeiros Cruzados, os que, depois de uma travessia atroz do Mediterrâneo ou outra não menos atroz pelo deserto, após lutas incontáveis tivessem afinal conquistado a Terra Santa, para então, provavelmente, descobrirem que não faziam idéia sobre o que fazer com ela.

O Juiz nos olhava, e sorriu, vendo que haveria discurso, fazendo com a cabeça que estava tudo bem, que Dantas podia começar.

Dantas leu o seu texto, e posso dizer que todos ficamos muito satisfeitos e que a voz não tremeu em nenhum momento, talvez apenas muito no início, quando isto nem ao menos faz grande diferença — estávamos todos apenas tentando, pelo tom da voz e pelos adjetivos empregados, tentando, como falei, captar o teor da fala, ou talvez, indo além, a sua extensão mais provável, pois éramos homens e mulheres de ação, sem tempo para a filosofia, e, assim, quem vai dar atenção se a voz falseia ou se a pronúncia de uma consoante sai de lugar, quando assuntos muito mais relevantes estão em jogo?

Ao discurso se seguiram os aplausos, sinceros, pensei. O Juiz agradeceu com umas poucas palavras e fez questão de apertar a mão de Dantas, um pouco ruborizado Dantas, e garanto, apesar dos anos desde então, que o rubor se devia apenas à emoção, o hálito tão puro quanto se podia desejar em uma manhã de quase primavera em São João.

Ao final do discurso e dos aplausos, mais uma vez tivemos ao nosso redor o silêncio embaraçado do início, com a exceção do olhar que trocavam Juliana Linhares e o Juiz, ela apontando com o dedo enluvado para algum detalhe que escapava ao nosso olhar, algo no céu de São João que apenas os dois deveriam estar percebendo. O Juiz olhava e assentia, e aguardávamos todos por algum sinal vindo do mesmo céu para quebrar o encanto e nos dar alguma coisa para fazermos com mãos e pés que não fosse contorcer uns e trocar de apoio os outros.

Inspiração celeste ou não, foi uma menina do colégio das freiras, confundindo um pouco o tipo de espetáculo, por pura falta de prática em qualquer tipo de cerimônia ou acontecimento, que saiu do lugar onde as freiras conseguiam manter a todas sob o ainda existente controle eclesiástico e correu até junto do Juiz, segurando um pedaço de papel de caderno em branco.

— Um autógrafo! — gritou a menina, quando o Juiz pegou o papel. Na seqüência, as outras crianças correram para aproveitar a brecha na disciplina das freiras, todas elas com um pedaço de papel, numa conspiração coordenada contra a ordem instituída de São João, e rodearam o Juiz, que ficou ali mesmo, só e cercado, olhando em volta e afinal para mim, perguntando com os olhos que tipo de gente era essa e o que ele deveria fazer numa situação assim.

— Se eu fosse o senhor, escrevia alguma coisa — disse Juliana Linhares ao Juiz. — Eles não sabem ler direito e vão perder o papel antes de chegar em casa, de qualquer maneira — garantiu Juliana. — O senhor não tem nada a perder.

Mas ele tinha tudo a perder. A dignidade que restava ao cargo depois de uma troca de pneus e uma chegada a São João; a oportunidade de mostrar a todos nós que éramos mesmos os eleitos; a chance de deixar claro que a lei e a ordem tinham jeito de lei e de ordem e que tinha valido a pena todo o investimento feito, em esperança e em dinheiro sonante, resultado de vendas de bois para a compra da casa do Juiz e do prédio para o Fórum, numa prática que seria reavivada no final dos anos 80, com a nossa UDR local muito preocupada com o espectro do comunismo.

— Ele não vai assinar e as crianças vão chorar — disse Mariana ao meu ouvido, preocupada com o rumo das coisas.

— Crianças, quem vai querer bolo quentinho? — gritou a irmã Esther, mostrando o caminho da sala de festas do colégio das freiras, recebendo o meu olhar de gratidão com um sorriso angelical, se freiras conseguissem ser angelicais em São João. Irmã Esther, que fazia de conta que não via quando as meninas maiores fumavam escondidas ou folheavam o que nunca deveriam ter encontrado nos armários dos pais; já então quase ex-freira e disposta a solicitar o divórcio a uma Igreja, que, tendo o nosso padre Estevan como porta-voz, jamais se mostraria inclinada a conceder.

Juliana sorriu e disse "Bem-vindo, então" ao Juiz, acrescentando um comentário audível apenas a ele, e algo num tom mais alto, na direção de Dantas, cumprimentando-o, acredito, garantindo que relataria ao Dr. Linhares o resultado de oratória do discurso, e se afastou da praça, sabendo onde se encontravam os olhares de todos.

Talvez o balanço no caminhar fosse menos pronunciado se ela pudesse ver que, quando se afastou, não foi para a sua figura decrescente em tamanho que o Juiz voltou o rosto, e sim para o pinheiro de uns doze metros se projetando sobre o telhado da casa que tínhamos destinado a ele quando ainda não sabíamos que tipo de homem era e quantas pessoas o acompanhariam. Tínhamos pensado em um homem casado e na idade de ter dois, três filhos e uma esposa para abrilhantar as noites do clube e abrir um segundo front dinástico em São João. A casa era sóbria mas ampla, e, agora sabíamos, grande demais, pois o Juiz, como todos tinham percebido antes mesmo que lavasse as mãos, era um homem solteiro, mal chegando aos trinta anos e a um rosto com rugas. Olhava com fascínio para o pinheiro, com uma curiosidade inimaginável para qualquer morador de São João, onde a mata nativa derrubava pinhas maduras nos pátios de todos, um barulho no meio da noite que acordava os de sono mais leve com freqüência muito maior do que a passagem do ônibus madrugador a caminho de Cambará.

O Juiz olhou para todos em volta e agradeceu com um "Muito obrigado" e um movimento de cabeça. Ele permaneceu no mesmo lugar enquanto São João se apresentou e depois se dirigiu ao prédio do Fórum rodeado do que seriam as autoridades de São João. Ele ouvia a todos e se voltava para mim na hora das perguntas. Tinha visto umas plantações antes de chegar à cidade e parecia realmente curioso para saber o que havia lá. "O Juiz não sabe nada de campo", sentenciou Mariana, certa, claro. O Juiz agradeceu a todos e disse que certamente estaria presente ao almoço em sua homenagem no Clube Comercial. Ele pediu apenas uma hora para um banho e troca de roupa. Dissemos que sim, claro, e que estaríamos à disposição para o que ele precisasse. Ele entrou na casa e acenou para nós, que não conseguíamos sair da frente da calçada, como se não pudéssemos nos convencer do fim do espetáculo.

Mas não havia o que fazer a não ser esperar o almoço, ler o Correio do Povo, chegado havia pouco, no ônibus das dez e trinta, para então encontrar a pequena nota na página trinta e dois, editoria de Interior, e nos sentirmos todos um pouco mais importantes com ela. Bem ou mal, com a sensação de que algo, em algum lugar e em algum momento, não tinha saído bem exatamente como tínhamos planejado, o fato, a coisa real e mais importante era que São João agora tinha o seu Juiz e assim, todo o nosso empenho, a Cruzada por inteiro, todas as promessas, tudo tinha valido a pena.

— Eles fazem um belo casal — disse Mariana, entrando na cozinha para esquentar um mate antes que eu conseguisse perguntar, "Eles quem?" Fui entender algum tempo depois, sentado na poltrona da sala, ainda sem um televisor à frente, já com a cuia na mão e Mariana tricotando um dos intermináveis suéteres para algum dos nossos afilhados; era claro que ela falava do Juiz e Juliana Linhares; Mariana seguidamente me surpreendia com estas especulações fora de tempo, mas havia poucas compensações ou prazeres para ela em São João, e este era inocente o bastante. Ela não iria sair falando como outras, ou pensando alto como outras. Ela falava para mim, cúmplice de todos estes anos, sem nem ao menos pensar no que eu acharia da idéia. Mariana falava assim por hábito e sem malícia.

Eu devia estar mesmo cansado, a noite maldormida, o sono pesado pelas possibilidades de erro, porque acordei com Mariana dizendo que iríamos chegar atrasados se eu não fosse logo me vestir. Eram treze horas, e eu não precisava do caderno do Dalton para saber que lá fora fazia os mesmos doze graus ou um tanto menos, sem contar o vento gelado que subia a serra.

— O coronel deve estar satisfeito.

Júlio e a Harley estavam estacionados junto ao canteiro central da praça do Fórum. São João tinha duas praças, inauguradas por administrações de partidos rivais em cerimônias plenas de espírito oposicionista. Assim, a praça da frente do Fórum tinha ganho importância maior pela proximidade com o local de trabalho do Juiz e por ser resultado da administração atual; os canteiros limpos e as flores renovadas desde a última geada. A outra praça, sofrendo já o segundo ano de oposição, era quase só inço e capim escasso. Apesar disso, era popular entre os meninos do colégio estadual, por ser a mais protegida do olhar e a mais adequada para se passar as horas ilegais entre a fuga da escola e a chegada em casa, sujos de futebol e de brincadeiras de pegar.

— Como, Júlio?

— O coronel deve estar feliz. Conseguiu o que queria. A cidade podia eleger ele imperador hoje.

Juliana fez sinal para a amiga seguir em frente e olhou para o Fórum antes de responder.

— Júlio, ele não é coronel. Aqui não existe nenhum coronel.
— Detalhes, mana. Ele comprou um juiz, não é mesmo?
— Ele não comprou ninguém. Ele cobrou dívidas do governador. Isso se faz em política, não sabia? Ele também comprou essa coisa aí que te serve pra correr de um lado e para outro. Com pressa, mano?
— Eu não tenho pressa nenhuma. Mas as meninas de São João andam assanhadas, sabia? Daqui a pouco não sobra nem um pedaço de juiz pra ti.
— Júlio, não sei de onde saiu essa idéia. E na hora que eu quisesse, o que te parece que aconteceria?
— Não sei. Acho que o coronel te dava esse aí de presente. Ou um outro, se ele não estivesse disponível.
— Esse método serve pra se conseguir motocicletas, Júlio.
Juliana ficou em silêncio, olhando para a casa do Juiz. Fazia muito tempo que não se importava mais com o que Júlio dissesse.
— Está pensando em quê, Júlio?
— Fico lembrando de Copacabana. De Ipanema. Como a gente pode morar aqui?
— Devia ir dormir em vez de ficar aí pensando bobagem.
Ela deu um adeus e entrou no Comercial. O movimento parecia escasso, mas Juliana queria cigarros, e comprá-los no clube era garantia de um público maior, disposto a se escandalizar por tão pouco.

A Grande Cruzada Cívica de São João da Serra foi idéia de Ronaldo Vieira, presidente da nossa Câmara de Comércio, criada três meses depois da inauguração da Câmara de Comércio de Campos, o tempo que São João conseguiu resistir antes de requisitar o prédio que tinha sido a sede do Banco da Província até 57 e fazer a sua própria Câmara.

Durante aqueles três meses, São João viveu o tormento da escolha entre dar aos italianos de Campos a certeza de estarem sendo imitados e permitir a São João ficar atrás de Campos no que quer que fosse. Passado o tempo mínimo, São João inaugurou a sua Câmara com um churrasco que levou terror aos rebanhos de Dantas, entretido em seus pensamentos secretos de uma candidatura a deputado estadual. Uma vez inaugurada a Câmara, São João passou a tentar justificá-la escolhendo ao menos um presidente. Ronaldo foi candidato único.

Ronaldo Vieira tinha vinte e oito anos, a ansiedade empresarial até então inexistente em São João, uma admiração sem limites visíveis por Juliana Linhares e uma fotografia de John Kennedy na parede. Os sonhos do presidente da Câmara incluíam o primeiro supermercado de São João e um casamento com Juliana, mas o presidente da Câmara do Comércio já suspeitava, ou adivinhava, que todo o seu esforço seria inútil numa cidade tão pouco empresarial quanto São João, e a mudança dele para Campos, antes do final do ano seguinte, seria mais um escândalo da era que se iniciou com a vinda do Juiz.

A Cruzada foi uma idéia a mais no plano de Ronaldo Vieira para se projetar no cenário de São João. Uma delas tinha sido a de organizar uma torcida durante a Copa do Chile, que tinha acontecido fazia pouco. Mas futebol, para São João, se concentrava nas partidas entre o nosso Serrano e o time de Campos, na verdade rituais de canibalismo e destruição. A torcida tinha se resumido a Ronaldo e dois ou três conhecidos diante do rádio, uma média que melhorou muito quando ficou claro que o Brasil seria campeão do mundo, mesmo que mundo, para nós, significasse tão, tão pouco. Claro que em 1970 a cidade iria vibrar com a Seleção, parte dos noventa milhões, feliz em estar na corrente pra frente com o resto do país, todos parte de um grande milagre, e se os noventa milhões eram na verdade noventa e cinco, isto apenas reforçava o espírito de uma época em que verdades — estatísticas ou não — valiam o que valiam.

Ronaldo era, na sua opinião, um líder ousado e ansioso por ter o que liderar. A escassez de causas em São João tinha conservado todo o seu ímpeto transformador em latência até a criação da Câmara e apenas um pouco menos latente depois, porque o volume de negócios em São João não chegava sequer a ocupar os sete quartos do Hotel da Serra, tornando heróico o esforço feito por Ronaldo de permanecer à sua mesa na Câmara por manhãs inteiras e vazias, perguntando à fotografia de Kennedy o que afinal ele, Ronaldo, podia fazer pelo país.

Até então o país, representado por São João e imediações, tinha pedido muito pouco, e a Cruzada foi a solução final, o momento histórico que Ronaldo soube não perder. A Grande Cruzada Cívica, liderada por Ronaldo, nos traria um juiz e uma prática política que preparou a cidade para Marchas com a Família e para novas Cruzadas por vir, já sob a inspiração falangista do padre Estevan. A Cruzada amalgamou a sociedade de São João e confirmou o poder empoeirado do Dr. Linhares. Ela trouxe para São João o juiz que tanto desejava, e, para mim, o primeiro parceiro real no xadrez em mais de dez anos na cidade.

A Grande Cruzada Cívica de São João da Serra teve início no dia em que Josué Barbeiro entrou sem ser anunciado na sala de jogo do Comercial, recinto vetado a ele até então, e terminou com o jogo de pôquer que estava em andamento no instante em que Dantas se preparava para limpar a mesa com um full hand imbatível. Josué Barbeiro era o sistema informal de comunicações de São João, e também era um péssimo barbeiro, com a sorte de ter a única barbearia de São João.

— Campos vai ter um juiz! — tinha gritado ele para os jogadores. — Campos vai ser sede de comarca. Da nossa comarca!

Enquanto a extensão da notícia era absorvida lentamente por todos na sala, ouviu-se Dantas, full hand inútil na mão e nem um pouco feliz com Josué Barbeiro.

— Se aqui fosse a Grécia, mensageiro com esse tipo de notícia era morto na hora.

— Eles vão ter um juiz — repetiu Josué. — Eles vão ter um juiz. O que nós vamos fazer?

Se cidades são resultado do que sonham seus criadores, São João foi vítima de uma comunidade com sono pesado e nunca se empenhou em oferecer grandes ou mesmo médias satisfações para quem aqui vive. O clima da serra tornou São João fria demais para ser invadida por migrantes do Norte, remota demais para receber funcionários públicos, estéril demais para a maior parte das agriculturas, pobre demais para chamar aventureiros e pequena demais para interessar quem quisesse mudanças de qualquer tipo. O século 20 não tinha sido um incômodo até então, e a vida seguia o ritmo que a maioria da população considerava o ideal, em geral por desconhecer por completo qualquer outro.

Viagens a Porto Alegre eram escassas numa comunidade tão auto-suficiente. Havia a carne que nós mesmos criávamos, suficiente para as nossas necessidades e ainda trocável por outros alimentos de que não fazíamos muita questão. Tínhamos um hospital e poucos doentes, dois médicos e um dentista dividindo os casos. Havia um cinema e espectadores, poucos televisores ou o que ver neles. Havia escolas para as crianças e poucas crianças para precisarem de mais escolas. Quando terminavam o colégio das freiras, as meninas casavam com algum menino que iria trabalhar no negócio do pai, ou herdaria terra de alguém, ou casaria com a terra de alguém. Tínhamos um cartório onde registrar as mudanças das terras e alguns advogados para organizar os termos das trocas. Tínhamos o nosso jornal e completávamos as notícias com o que trazia o Correio do Povo, de Porto Alegre. Tínhamos os nossos rádios para mais notícias, caso nos sentíssemos particularmente curiosos com relação ao mundo, e eletrolas para a música. Tínhamos fogões a lenha para os dias mais frios, lãs uruguaias para sair à rua, alpargatas para usar em casa. Tínhamos festas de aniversário, jantares dançantes no clube, as fotografias da revista O Cruzeiro, e, até percebermos a falta que um juiz nos fazia, acredito que nunca, nunca tivéssemos sentido de verdade que nos faltasse qualquer outra coisa.

Os dias começavam com o mate e leite fresco tirado de uma vaca no tambo do Dalton e com algum assunto que tivesse restado do dia anterior servindo de descongelante para uma conversa junto ao fogão. Os dias começavam com pão feito por Reuter, um de nossos poucos casos de imigração alemã, ou com uma ida à venda do Dalton ou à do seu Manuel, o viúvo dono do armazém mais próximo de minha casa e que Mariana costumava evitar, movida pelo preconceito ancestral de São João contra tudo estrangeiro, que só iria ser rompido, e assim mesmo num momento inicial, pela vinda do Juiz. Seu Manuel era um viúvo com duas filhas que o ajudavam nos negócios. Diziam que ele tinha uma amante na capital e que roubava no peso do que vendia, mas estes eram os mesmos que não perdoavam ao seu Manuel o fato de ele ter sangue turco, ou libanês. Em São João, isso era algo raro e quase um crime.

    O dia oficial se iniciava logo a seguir, quando saíamos para o mundo exterior, visível apenas depois de a cerração levantar — a cerração daqui mais espessa do que o fog londrino, nos tinha assegurado Dantas, um dos poucos são-joanenses viajados, e que, vim a saber muito mais tarde, tinha conhecido o fog londrino em uma viagem a Teresópolis, estado do Rio. O dia então passava a ser um problema de cada um com suas coisas — homens com seus trabalhos quando os tivessem, crianças para a escola, menos as da área rural, o que poderiam aprender na escola que lhes fosse útil na vida?, achavam os daqui, e as mulheres com os seus dias de mulheres, que só vim a conhecer depois de aposentado, dias pesados e tediosos na maioria das vezes, quase nunca quebrados por novidades ou acontecimentos —, talvez esta a explicação para o entusiasmo das mulheres de São João pela Cruzada, enquanto ela durou.

    Os dias se desenrolavam no seu tempo e chegavam ao fim com a volta a casa, nunca muito distante — exceção para os que tinham fazendas ou negócios com elas —, para uma noite ao lado do rádio, na poltrona com o jornal, com alguns amigos em um jogo ou em conversa ao redor de perdiz assada, o chumbo usado na caça trincando os dentes dos mais apressados.

Os fatos do mundo eram comentados com pouco interesse e escassa paixão. Éramos remotos naquele tempo. Remotos em uma escala que hoje não se encontra mais — talvez ainda em alguma aldeia na Malásia — talvez, duvido.

Porto Alegre era a metrópole, felizmente separada de São João pelas curvas da RS-7. Íamos até lá para visitas a médicos que acreditássemos especialistas, compras na Guaspari, um filme com Humphrey Bogart e Katherine Hepburn; voltávamos assustados com elevadores, sinais de trânsito, pedintes nas ruas e carros de polícia; com a floresta escura do parque da Redenção e com as multidões no hipódromo, com o gosto estranho do leite pasteurizado e com a suprema aventura de um passeio de barco pelo Guaíba, para um são-joanense a emoção insuperável e equivalente à de um cruzeiro pelo Caribe.

Minha vinda para São João aconteceu após o acidente em que morreram meu pai e minha mãe, em uma viagem ao Recife, onde meu pai iria ocupar um posto na Intendência do Exército. Amigos aconselharam uma mudança de ares, algum tempo passado fora de São Paulo, para deixar fluir o pior da tragédia, como diziam. Decidi por uma viagem a Montevidéu, com escala em Porto Alegre na volta. Amigos tinham falado da serra gaúcha, do ar puro e da beleza das montanhas. Havia este hotel, construído no início do século, cercado por um parque e pinheirais, comida abundante, e conversa escassa. Perto do hotel ficava a cidade de São João, a coisa mais parecida com uma ilha de paz e tranqüilidade — ou pelo menos tão silenciosa quanto eu imaginaria que uma ilha de paz e tranqüilidade deveria ser —, paz e remoção de tudo conhecido, algo que se tornou para mim uma atração irresistível.

Quando cheguei aqui, Mariana era uma moça um tanto além da idade em que as moças casavam em São João.

Fiquei, conheci Mariana, casei. Nesta ordem, creio. Acredito ter sido um desapontamento para Mariana; a esperança dela tinha sido a de ir a lugares comigo, que vinha de São Paulo. Nunca fomos, e Mariana, que certamente sofreu com isso, sempre disfarçou bem, como disfarçou a dor de não termos filhos, por causas que nem conhecemos ao certo, apesar das viagens até o médico em Porto Alegre, apesar de termos sido muito próximos, quase apaixonados mesmo, e termos passado por invernos muito mais frios do que estes de agora, sem o benefício de qualquer tipo de aquecimento que não as cobertas de lã e os corpos por debaixo delas.

Quando cheguei, São João já era mais ou menos como é hoje, com o Dr. Linhares na posição de maior proprietário de terras e gado da região. No tempo que se seguiu, adquiriu mais e mais gado e hectares e viu crescer os dois filhos, Juliana e Júlio, homenagem a Júlio de Castilhos. Dantas já era casado com as quadras de campo de Dona Emilia Valdês, onde criava gado de corte; Dantas e seu diploma de Medicina pela Universidade do Rio Grande do Sul em Porto Alegre; felizmente para todos se mostrando mais interessado em exercer a sua veia poética do que o diploma de médico, profissão que reservava para trato dos peões de sua estância. Rico e poeta, Dantas afirmava que era muçulmano de coração, que o Rio era a sua Meca, e Copacabana o paraíso. Durante a Cruzada, Dantas foi um participante pouco convicto, não deixando porém de colaborar com textos para o Correio da Serra, quando nosso jornal também aderiu à campanha, e ainda com contribuições em dinheiro ou em influência política, embora achasse, como não cansava de dizer, que São João precisava de um bordel decente muito mais do que de um juiz.

Para completar o pequeno círculo de autoridades de São João, tínhamos o delegado Gomes, dividindo o seu tempo entre a delegacia de Cambará e pescarias no Rio Tainhas, e nosso padre Estevan. Nosso padre, como lembro, era um espanhol simpatizante de Franco, que aterrorizava a comunidade católica de São João com a sua visão de uma Terra ocupada por comunistas e ateus de toda a espécie. Padre Estevan era dotado de visão, isto era certo, e ainda seria o responsável pela primeira grande crise entre São João e o seu juiz, mas era o nosso padre, meu Deus, e o que fazer quando nos mandam um mau padre, o que fazer senão rezar um pouco mais alto e pedir aos céus por absolvição, que pouco fizemos para merecer tamanho castigo. Padre Estevan, Deus o tenha. Não sei o que foi feito dele, e vivo bem nesta ignorância, entre outras.

São João nunca soube que precisava de um juiz antes que Campos da Serra tivesse o seu, assim como nunca precisou de outras novidades. A ameaça da extensão de uma linha de trem desde Taquara até São João, durante o ímpeto progressista dos anos 40 e 50, não passou de um projeto logo engavetado por pressão do Dr. Linhares — desta vez um legítimo representante do sentimento da cidade —, e assim tínhamos seguido ao longo dos anos, felizes apenas por permanecermos os mesmos, desde sempre.

Um prefeito mais inovador tinha mandado construir a praça da igreja e ainda o chafariz no centro dela, palco da única manifestação contra o golpe de 64, quando Josué Barbeiro se acorrentou ao chafariz, dizendo que só saía dali morto ou com Jango de volta no poder e quase terminou preso, sendo salvo apenas pelo bom humor do Dr. Linhares na época. É importante dizer que o prefeito perdeu o cargo na eleição seguinte, antes que começasse a se entusiasmar demais com o deus ambíguo que a cidade chamava de progresso. Por ela, São João viveria sempre a sua vida da mesma forma. Tudo tão simples e bom, não fosse Campos.

É impossível entender São João sem entender o que representa Campos da Serra, a cidade mais próxima de nós, infelizmente próxima, segundo os moradores daqui, que gostariam de muito mais quilômetros de lama entre nós e os gringos. Lama cultivada, conforme já falei, lama que desejávamos capaz de tragar Campos para onde nunca mais os tivéssemos diante dos olhos. Cidade de imigrantes italianos, nem mesmo brasileiros de verdade, vivendo no meio da sujeira de uma fábrica de celulose e bebendo água de um rio depois de ele já ter passado por umas cinco outras localidades, coisa que gente decente nenhuma faria, da mesma forma que a gente decente de São João se quedava diante do incompreensível orgulho dos gringos pelas indústrias deles, o amontoado de chaminés fumacentas e os casarões onde faziam móveis em pinho que diziam exportar para o resto do país, e mesmo para o mundo. O orgulho deles pelo pobre Vêneto que tinham criado aqui no Rio Grande. Uns camponeses era o que eram e seriam sempre, garantiam para si mesmos os de São João.

Nosso orgulho era de outra natureza. Éramos os pioneiros, os originais habitantes destes pagos. Não fosse por nós e o Rio Grande seria qualquer outra coisa, terra de castelhanos, quem sabe. Estávamos aqui desde sempre, e não seria um bando de estrangeiros obcecados por trabalho a nos mostrar o que ou como fazer. Nosso orgulho era infinito, e entre este orgulho e a nossa Cruzada — seu resultado mais concreto — nada haveria de se colocar.

A Grande Cruzada Cívica de São João da Serra foi o primeiro movimento realmente popular da história da cidade. O lema era, aproximadamente, "Um Juiz para São João", e se concentrava muito mais nas conseqüências do que nas causas desta necessidade. Eu mesmo, advogado ocasional e assistente do tabelião no único cartório da cidade, sabia que não tínhamos questões, em importância ou quantidade, para justificar um juiz. As pessoas de São João brigavam pouco e processavam muito menos, provavelmente porque havia tão pouco sobre o que discutir e o restante estava quase que exclusivamente nas mãos do Dr. Linhares. Eu também sabia que nunca poderia expressar este tipo de dúvida, uma vez que meu visto de permanência era concedido em função da mais completa lealdade para com São João, não maior ou menor do que a de qualquer outro morador da cidade, não menos sólida, era o que se esperava.

É importante entender que, para um morador de São João, a condição de são-joanense era a sorte grande tirada antes do nascimento, na escolha acertada dos pais e avós; o berço de araucária que garantia a todos um lugar especial na terra, um paraíso de tranqüilidade e compreensão em um universo incontrolável. Não tinham chegado à São João de 1962 a física quântica, a relatividade, o mais veloz do que o som e mesmo o Iluminismo completo. O avanço dos conhecimentos se espalha de forma irregular, e São João tinha se colocado à sombra deste avanço, com cuidado para que muito pouco do que era gerado em um mundo tão ansioso por mudança a contaminasse. Eu era originário de um lugar menos ordenado e seguro; apenas em respeito à família de Mariana concediam a mim o status especial de cidadão são-joanense — numa classe intermediária, entre um nativo da terra e um dos migrantes funcionários dos bancos que aqui passavam alguns meses no desterro, antes que um chefe compreensivo ou um funcionário de bom coração no setor de pessoal os enviassem para longe. Assim, aderi à campanha com o entusiasmo que era de se esperar de qualquer um que verdadeiramente amasse o progresso e a justiça para São João. Mariana ajudou a confeccionar faixas para a entrada da cidade, enviei telegramas ao governador, como todos, fiz petições aos deputados estaduais, dei opiniões em reuniões inflamadas no Clube Comercial e na Câmara do Comércio, e não acredito que qualquer um pudesse apresentar reclamações quanto à intensidade de minha indignação, ou à sinceridade de meus apelos. Se, algumas vezes à noite, sentado na sala escura ou deitado junto a Mariana, eu me perguntava o que nos traria isto tudo, tive o cuidado de nunca expressar qualquer tipo de dúvida em público. São João tem memória longa, e, quase sempre, vingativa.

Ronaldo veio até minha casa em uma noite em que normalmente estaria na roda de pôquer. Interrompi o meu xadrez, Alekhine x Schlechter, na décima sétima jogada, pedindo a Mariana que servisse café. Ela não gostava de Ronaldo e logo se retirou para a cozinha, levando um cachecol, ou algo parecido, que fazia para mim.

Ronaldo estava impaciente, caminhando pela sala enquanto me falava sobre o que o tinha trazido. Oh, não, eu pensei, oh, não. Já não bastam as cartas inúteis e o silêncio cúmplice?

Não bastavam. Ele dizia que não adiantaria nada seguirmos com nossa atuação ghandiana, que muito mais era preciso, que tinham nos forçado a isso. A solução tinha surgido para ele hoje mesmo, tinha passado a tarde toda refletindo, pedindo a John F.K. por inspiração, algo melhor do que a Baía dos Porcos, claro. E agora tudo estava claro e fazia sentido, e ele estava pronto para me apresentar o seu plano.

— É perfeito, Antônio, perfeito. Não tem como dar errado — garantia Ronaldo a mim e a si próprio, sacudindo com algum perigo a xícara de café.

A verdade era que, por mais que tivéssemos nos esforçado, a Cruzada tinha chegado a um ponto de estagnação. Numa época anterior a lobbies profissionais, São João havia feito o quanto sabia e conseguia imaginar, chegando ao ponto de enviar telegramas a todos os deputados estaduais, prometendo votos até bem depois da virada do século 21, nossa dedicação a quem quer que nos trouxesse um juiz, a fidelidade eterna de adultos, mulheres e crianças. Mas não havia qualquer eleição próxima; políticos não costumam pensar tão longe e, segundo o governador de então, o Judiciário era muito cioso da sua autonomia, e ele não tinha condições de interferir.

Assim, sofria a cidade, vendo passar pela praça o juiz de Campos, nas segundas-feiras, uma vez que ele retornava a Porto Alegre todas as sextas, nos dando ao menos o consolo de saber que Campos era tão intolerável para ele, obrigado a morar lá, quanto para todos nós. Mas éramos forçados, semanalmente, a assistir à passagem de nosso fracasso, da escassez de nossos recursos cívicos, e mesmo Ronaldo começava a cansar do esforço constante de manter a motivação de todos em alta. Ronaldo não era Churchill, e esta não era a batalha da Inglaterra; éramos apenas uns poucos provincianos em busca de algo que atenuasse a nossa imensa fragilidade, e pedíamos tão pouco que a recusa era ainda mais incompreensível. Seguidamente chegava Josué Barbeiro até minha sala no cartório, apenas para abanar a cabeça, sem entender direito por que nem ao menos respondiam nossas cartas. Eu escutava os risos à distância, e mantinha o silêncio.

Agora, diante de mim, Ronaldo sacudia cada vez mais o corpo magro sobre a poltrona e me assegurava que o plano era infalível.

— É fácil — dizia Ronaldo. — É fácil. Eles passam por aqui. O senhor, que veio junto, pede para ficar. Nós fazemos o resto.

Uma vez que o plano envolvia o seqüestro temporário de uma autoridade estadual e toda a sua comitiva, e, vendo o que havia de intenso em Ronaldo, pela primeira vez me ocorreu que ele pudesse ser um empresário melhor do que eu imaginava, uma tese comprovada com a sua ida para Campos e a prosperidade que se seguiu.

No plano de Ronaldo, a minha participação se resumia a muito pouco além da oportunidade de uma humilhação eterna no Palácio da Justiça em Porto Alegre, os desembargadores contando e recontando a história a pedido dos colegas dobrados pelo riso. Mas eu não morava em Porto Alegre, nem com os desembargadores.

— Eles vão querer parar, por que não iriam querer? Aí a gente faz o resto.

— Quando? — perguntei, sabendo que não ia adiantar resistir.

— Na semana que vem — disse Ronaldo, feliz por ver que eu aceitava. — Na semana que vem. E vai dar tudo certo.

Eu não achava que fosse dar certo, mas Ronaldo era só otimismo.

— O Dantas acha que não tem como falhar.

— Falou com ele quando?

— Agora mesmo, no clube.

— Dantas estava ganhando ou perdendo?

— Limpou a mesa enquanto eu estava lá.

Eu sabia o que isto queria dizer. Dantas vencedor era Dantas bebendo o melhor uísque do clube até muito depois do razoável. Era possível convidar um Dantas nesse estado para ir a Moscou recolocar o czar no trono e ele aceitaria, pedindo apenas para alguém buscar uma vodca. O melhor uísque do clube era adequado ao gosto médio de São João, um combustível para heróis, que todos éramos, um pouco. Dantas achava que o plano não podia falhar. Quando falhasse, Dantas garantiria a todos que não conseguia lembrar de nada e que aquele uísque ainda iria acabar matando alguém.

— Quando?

— Quarta-feira que vem. Não tem o que errar, Antônio. Eles vão passar por aqui. Eu consegui a informação de alguém de dentro, do tribunal mesmo. O corregedor vai a Campos, visitar a comarca nova e ver como vai tudo. Uma ida sua ao Tribunal em Porto Alegre é muito natural, coisas do cartório a resolver. E, na volta, é só conseguir uma carona com ele. Fácil. O resto é por nossa conta.

— Afinal, o que é exatamente o resto, Ronaldo?

— Surpresa. É só fazer a sua parte. O resto é conosco.

— O que, afinal, Ronaldo?
— Antônio, confie em mim.

Eu preferia não confiar, se houvesse escolha, mas não havia. Eu iria muito simplesmente colocar uns poucos objetos para a viagem em uma sacola e sair cedo pela manhã, com o ônibus sacolejando pela estrada em espiral que nos levava dos novecentos metros de altitude de São João até os poucos de Taquara em menos de uma hora, um terror para as mães de filhos pequenos que escolhiam aquele trecho para demonstrações coletivas de náusea, um defeito comum nas crianças causado por falta de uma cartilagem na parte interna do ouvido, ou algo assim, por isso o alívio com a descoberta do Dramin, que os americanos inventaram para ajudar os soldados que iam combater na Europa a sobreviver ao menos à travessia do Atlântico.

Enquanto o remédio não existia para nós, a descida até Taquara me convencia da vantagem de não ter filhos; eu pensava comigo mesmo no ônibus, com pena do motorista, um sujeito que tinha as suas cinco crianças pequenas na cidade e ainda precisava passar por este calvário adicional nas manhãs de estrada.

Pessoas mais antigas me falam dos tempos no início do século, nos anos 20, quando veranistas de Porto Alegre vinham de trem a Taquara, onde faziam baldeação para algo chamado autobus, ou ainda para uma diligência, até o hotel próximo a São João; trinta quilômetros enfrentados em apenas quatro horas, diziam os cartazes da época, mas os mais antigos me garantiam que nada disso, nunca menos do que seis ou sete, isso o tempo estando aberto e nada de chuvas caídas pelo menos dois ou três dias antes.

Os tempos anteriores aos nossos têm esta virtude básica de nos lembrar que a vida se tornou mais amena, e que já nos anos 60 tínhamos anestesia no dentista, vacinas para paralisia infantil e tuberculose, tratamentos comuns para mortes certeiras antes da guerra. Afinal, com crianças enjoando ou não, com curvas de saca-rolhas e asfalto irregular ou não, em apenas duas horas, ou pouco mais, eu chegava a Porto Alegre; o que pensar dos ancestrais de Mariana, com as mulas e cavalos andando pela beleza vazia e gelada dos campos de cima da serra, com o perigo de contrabandistas de couro ou charque à espreita, atravessando aqueles campos a quase mil metros de altura, no frio, na cerração, numa caminhada infindável que os tinha trazido desde o litoral, na subida estratosférica pelos cânions e encostas, até chegarem ao ponto de troca do que quer que trouxessem pela carne e pelo couro do Rio Grande, com pouco mais à espera do que alguns dias de repouso e mulher em algum bordel miserável, e logo então a volta, pelo mesmo caminho, nem um pouco melhorado, é claro?

Eu, a cada viagem para a capital, me recostava melhor na poltrona plástica do ônibus, acolchoada, apesar dos furos feitos por fumantes, segurando um livro que apenas o trecho mais regular de Taquara em diante permitia ler, e pensava nos que vieram para São João tanto tempo atrás, paulistas eles também, mas de outra estirpe, e me perguntava quem dentre nós teria sido mais feliz.

Desta vez dormi, acredito, acordando apenas com a ponte do Guaíba visível pela janela escurecida do ônibus.

Em Porto Alegre, revi pessoas ligadas ao Tribunal, aproveitei o tempo livre após o almoço para uma caminhada até o porto e ao redor da praça da Alfândega, pensando com um pouco de culpa em Mariana, que gostava tanto de compras e visitas à Casa Masson, doces na Schramm ou na Neugebauer; roupas e sapatos na Casa Louro. Bastou eu mencionar a provável companhia de autoridades em meu retorno para ela deixar o desapontamento desaparecer, substituído pelo velho medo de São João por tudo o que não conhecesse por completo, e dizer que não fazia mal, que ela preferia ficar e fazer um pouco de geléia, que eu aproveitasse o passeio, e, se possível, comprasse alguma coisa para uma vizinha que fazia bodas de prata em breve. Minha Mariana.

Não foi nada difícil conseguir que me trouxessem de volta a São João. Era verdade, eu conhecia o secretário do corregedor, e ele foi simpático, confirmando a informação de Ronaldo de que iriam mesmo passar por São João naquele final de tarde, dizendo que, claro, claro, eu podia aproveitar a viagem deles e retornar junto. Havia lugar no automóvel, só iriam eles dois e o motorista.

— Alguém que conhece a estrada, ótimo. Esse motorista vive se perdendo, Antônio — disse o corregedor. — Se a cerração baixar, teremos um guia.

Se a cerração baixar, todos precisaremos de um guia, pensei, lembrando minha última ida à noite para São João, a neblina tão forte que eu não via sequer a estrada, seguindo um caminhão pelas luzes na traseira e pensando no que ele estaria conseguindo enxergar adiante.

Viajamos conversando um pouco. O auxiliar do corregedor ainda era moço e sem preocupações. O que os esperava nas visitas de inspeção, todas as pressões, estas caíam sobre o chefe, e ele podia se dar ao luxo de apreciar a paisagem e pensar no que iriam encontrar em termos de hospedagem.

Lembrei do hotel Palazzo, de Campos, e pensei que seria uma sorte se eles conseguissem alguém disposto a hospedá-los em casa. O Palazzo, diziam, não tinha evoluído muito desde os tempos bíblicos, quando tudo o que um hotel oferecia era uma cama para cada quatro hóspedes e um pouco de palha no chão, trocada todos os meses, ou quase.

Já tinha chegado a noite, enquanto eu pensava no que afinal Ronaldo e Dantas estariam tramando. Nos aproximávamos de São João, e eu começava a sentir alívio, achando que os dois tinham mudado de idéia, desistido de tolices. Na entrada da cidade, a falta de movimento apenas reforçou esta impressão; a volta na praça feita sem eventos, até chegarmos ao caminho que leva à minha casa, com o início da estrada para Campos logo adiante, quando vi os homens e o caminhão tomando a estrada toda. Um dos homens fazia um sinal com um pano vermelho para que o nosso automóvel reduzisse a velocidade. Olhei e era um empregado de Dantas, do posto de gasolina que ele tinha aberto no ano anterior. O homem olhou para mim como se eu não estivesse lá e falou, quando o motorista abaixou o vidro:

— A estrada está em reparos. Pessoal indo a Campos, melhor esperar umas horas. Só vai estar livre depois da meia-noite.

— Maçada — disse o corregedor.

— O que podemos fazer? — perguntou o secretário, olhando para mim.

E então entendi a beleza do plano. Eu tinha sido mantido fora dos detalhes para servir como testemunha inocente. Eu agora olhava para a estrada com a mesma incredulidade de meus companheiros de viagem, e minha surpresa não podia ser outra coisa que não convincente.

— Existe o Hotel da Serra. Mas minha casa está às ordens, é claro. Minha mulher ficaria ofendida se não se hospedassem conosco.

— Não há outro jeito? — perguntou o corregedor, e eu me senti quase incapaz de continuar com a farsa, mas já era tarde e eu tinha me comprometido o suficiente para apenas piorar tudo se revelasse a verdade.

— Para chegar a Campos ainda hoje? Com a estrada impedida, não. Não existe outro caminho para lá.

Tecnicamente não era uma mentira, ao menos.

— Por mim, prefiro o hotel — disse o corregedor. — Peço desculpas à sua mulher, Antônio, mas amanhã vamos querer sair cedo e eu não gostaria de incomodar. Temos como avisar Campos?

O corregedor era mesmo um gentleman. Tinha conseguido recusar o meu convite e ao mesmo tempo não magoar a quem quer que fosse. Falei que sim, que tínhamos como avisar Campos, embora não lhe dissesse que duvidava muito que o fizéssemos. São João também havia observado a Legalidade e já compreendia o valor do controle sobre as comunicações em golpes deste tipo.

— Jantamos no hotel, Antônio? — perguntou o secretário, já achando aquilo tudo divertido.

Não, fiz com a cabeça, vendo Dantas e Ronaldo diante do Comercial, os dois me dizendo com o olhar o que fazer.

— Não — falei. — Acho que devíamos jantar no clube da cidade. Isso vai lhes dar a oportunidade de conhecer melhor as pessoas daqui.

Os dois concordaram, de forma ausente.

Perguntei se queriam um banho e disseram que não, que a viagem tinha sido curta, preferiam que fôssemos diretamente jantar.

Se juntaram a nós aos poucos e de forma casual o bastante para parecer mesmo casual. São João, a Desimportante, se transformava diante dos meus olhos em São João, a Dissimulada. Eu, que acreditava conhecer a cidade e os seus segredos, percebia que isso nunca iria acontecer, não por completo. Por muitos anos, tinham conseguido esconder de mim a habilidade ancestral com que desviavam mercadorias e valores fiscais. Descendentes de tropeiros, — mascates e não bandeirantes armados —, o hábito da dissimulação precisava mesmo fazer parte da sua natureza. Mariana me olhava incrédula às vezes, quando me falava de algum logro cometido por um morador; ria da minha dificuldade em aceitar, minha insistência em acreditar que, ao menos em São João, considerando todo o universo conhecido por mim, as pessoas eram mesmo aquilo que aparentavam.

Agora, elas aparentavam surpresa e honra em terem sido contempladas por visitantes tão ilustres. Todos eles, aos poucos; Dantas, o delegado, até mesmo Josué Barbeiro, recém-integrado ao clube, todos se juntavam a nós com perguntas sobre Porto Alegre, sobre a Legalidade, que o secretário do corregedor tinha assistido de perto, brizolista fanático agora. Até mesmo futebol e a Copa no Chile, tudo era assunto inocente e curioso; todos escutando o grande homem da capital, o que tinha poder de vida ou morte sobre os nossos sonhos, incluindo os mais audaciosos dos sonhos, porque alguns, nos exageros da Cruzada, queriam mesmo reverter a entropia do nosso universo particular; queriam não apenas trazer um juiz para cá, mas que este juiz fosse o de Campos, que Campos fosse degradada para que pudéssemos ascender. Em Cruzadas, como nos jogos de futebol, dos quais falava agora o corregedor, a razão era a primeira a sucumbir.

O jantar foi surpreendente para nossos padrões culinários. Isto insinuava uma visita recente de Dantas a algum centro maior em busca de suprimentos e, provavelmente, de quem soubesse melhor o que fazer com eles do que o cozinheiro do clube, dono do cargo por hereditariedade antes de qualificação profissional.

Quando chegou a sobremesa, Ronaldo já sentia segurança bastante para abordar a questão da necessidade crescente de lei e ordem.

— O senhor está certo — disse o corregedor. — O país inteiro sabe disso.

— Mais leis, e que sirvam para todos — falou Dantas.

— Como requer a civilização — disse o corregedor, mais civilizado após a codorna.

— Em todos os lugares — disse Ronaldo.

— Mas isso já é quase a realidade — disse o secretário. — O país mudou. Agora, existe um Banco do Brasil ou uma igreja em cada canto. O que escapa, nós cuidamos.

— Isso já é herético — riu o corregedor, e rimos junto.

— Mas é o que todos queremos — disse Ronaldo. — Progresso amparado pela ordem.

— Positivismo aplicado — disse Dantas, já perdendo um pouco do controle.

— Império da lei — disse o delegado, que achava mesmo o mundo um lugar desordenado demais.

— O que certamente desejamos — brindou Ronaldo, com a concordância de todos, porque já era a hora de conhaques e dos charutos que apenas Dantas e o corregedor fumavam.

O corregedor parecia devanear, apreciando o havana de Dantas, e eu começava a me perguntar se não tinha sido pessimista demais. Ronaldo podia ser jovem e impulsivo, mas este jantar fazia o impossível parecer próximo. O clima de confraria insinuava confidências, e mais, concessões entre camaradas.

— Doutor corregedor — disse Ronaldo —, o senhor deve ter percebido que São João evoluiu muito.

— Na verdade, estou aqui há apenas duas horas — disse o corregedor. — Mas estive na cidade antes, e sempre soube que era um lugar muito evoluído.

Este corregedor merecia um posto diplomático, pensei, sem ter ainda percebido que ele já ocupava um.

— Obrigado, mas a nossa evolução é constante. E isso traz novas necessidades.

— Um juiz, por exemplo — disse Dantas, o conhaque fazendo efeito em excesso, com o braço batendo com força nas costas do corregedor, tornando as coisas tão, tão mais claras.

Antes que a frase parasse de ecoar pela sala — Dantas tinha falado muito alto mesmo —, todos se olhavam e o corregedor e o secretário se sentavam mais eretos e inatingíveis em suas cadeiras. "Então era isso", pensavam, com os olhares se transformando em algo cada vez mais desagradável.

Ronaldo ainda fez uma última tentativa.

— Os senhores sabem como isto é importante para uma comunidade que se afirma, que aprimora as suas instituições. Saber que pode contar com alguém capaz de arbitrar as suas diferenças, administrar os conflitos de acordo com a lei. Nós já temos tudo para isso, a comunidade inteira já se preparou. Temos um local para o Fórum funcionar, uma casa onde um juiz poderia morar. Se os senhores quiserem, poderíamos passear um pouco, fazer a digestão, poderíamos ir olhar os prédios, os senhores podem nos dizer se são adequados.

— O senhor precisa nos desculpar — disse o secretário —, mas já é tarde, e viajamos amanhã bem cedo. Foi um prazer enorme ter conversado com os senhores. Precisamos fazer isso mais seguido. Quando forem a Porto Alegre, por favor, me procurem no Tribunal.

Os dois já se levantavam enquanto Ronaldo tentava reanimar uma conversa além de qualquer salvação, e Dantas, alheio ao que se passava, pedia outro conhaque. Eu gostaria apenas de poder estar muito longe dali, em um dos cânions de até oitocentos metros de profundidade que margeiam a estrada quando ela desce no caminho do mar; quem sabe um bom lugar onde desaparecer e ficar a sós, com a vergonha que sentia.

Em vez disso, fui com os dois até o hotel, sem que disséssemos nada, parando por uns instantes diante do chafariz, iluminado e em funcionamento, mesmo àquela hora.

Diante do hotel, fizemos uma pausa. Os dois se olharam primeiro, com o secretário pedindo em silêncio ao corregedor que não fosse tão ríspido. Eu me sentia muito infeliz.

— Antônio — disse o corregedor. — Eu chego a pensar se aquela estrada estava mesmo bloqueada.

Preferi não responder.

— Antônio, você sabe que São João não precisa de um juiz. Não vai precisar ainda por um bom tempo. Não explicou isso a eles?

— Corregedor! — falei, sem conseguir continuar.

Ficamos em silêncio, escutando o ruído dos sapos logo atrás da rua, do Gordini do Artur Gonçalves se movendo com dificuldade alguns quarteirões adiante.

— Eu prefiro acreditar que você não sabia de nada — disse o corregedor. — Boa noite, Antônio.

O secretário foi mais gentil, disse que tinha apreciado muito o jantar, e que gostaria de me ver em Porto Alegre. Ele também era enxadrista e tínhamos jogado algumas partidas pelo correio. Os dois subiram para os quartos e eu fiquei um pouco diante da praça, olhando a fonte jorrar água colorida de amarelo, vermelho e verde farroupilhas pelas lâmpadas colocadas na sua base.

Ronaldo me encontrou um pouco depois, mas não falou nada, olhando para a expressão no meu rosto. Na manhã seguinte, vimos ou ouvimos o automóvel com o corregedor e o secretário seguindo para Campos, antes mesmo que o dia ficasse claro, levando junto o que restava de nosso ânimo. Nos dias que se seguiram, nem mesmo Ronaldo, ensimesmado no escritório de presidente, nem mesmo ele era capaz de qualquer gesto de estímulo à causa. Tínhamos sido derrotados, diziam todos. Não havia interesse por São João, melhor seria se nos separássemos do Rio Grande, dizia alguém, apenas para provocar uma discussão, uma qualquer, para ao menos quebrar a atmosfera de corredor de matadouro que se abateu sobre nós. Penso que outras Cruzadas devem ter passado por momentos parecidos. A nossa, esta se desmanchava sem que qualquer um soubesse o que fazer, o que tentar. Mas claro que havia o que fazer, afinal, tivemos e temos um juiz. Nós apenas não sabíamos disso.

Dizer que Hamlet era um rapaz propenso a conversar com caveiras em inglês limitado a um verbo; ou então dizer que Getúlio foi um presidente que um dia deu um tiro no peito e com isso incendiou redações de jornais em todo o país; que "Casablanca" é um filme onde uma linda mulher pede a um pianista que não toque aquela certa música que um dia significou tanto; tudo isso faz tanto sentido quanto dizer que um cromossomo humano, simplesmente por conter tudo o que um dia vai ser um homem ou mulher, que ele é em si mesmo um homem ou mulher; portanto, para que termos todo o trabalho adicional de fazer com que cromossomos se desenvolvam até virarem seres humanos — não seriam eles suficientes para entendermos o universo das pessoas? Com isso, quero dizer que acredito que histórias absolutamente não se limitem ao que aconteceu, com o conhecimento em retrospecto anulando a necessidade de recontarmos a ordem causal em que as coisas afinal ocorreram. Ao contrário, histórias apenas fazem sentido porque alguma coisa aconteceu, porque alguém viu, escutou ou ficou sabendo e, depois, se dispôs a contar. Nesta perspectiva — se por acaso concordam com o que digo —, ordem e forma são tão ou mais importantes do que os acontecimentos, porque, se não, teríamos apenas cromossomos de histórias, cheios de informações e despojados de interesse humano. Assim, o fato de todos os que lêem esta história já saberem desde o início que São João realmente conseguiu o seu juiz não afeta de forma alguma o fato de, ao menos para os que não foram além desta página, ou que não escutaram esta história de outras fontes — talvez mais confiáveis do que eu —, ninguém ainda saber como foi que o conseguimos.

Para isso, basta colocarmos o tempo no lugar exato — no ponto em que parei de narrar há pouco —, julho, quase agosto de 1962, na época em que o fogo da Cruzada começava a se extinguir, para percebermos a nossa absoluta igualdade, uma vez que, naquele momento, eu, como qualquer outra pessoa que possa estar lendo esta página, não fazia a menor idéia de como haveríamos de conseguir o juiz, e nem ao menos acreditava que isto acabaria por ocorrer. Na verdade, naquele final de julho, tudo o que havia era um enorme desânimo, que agora pode ser facilmente removido, bastando para isso revelar quem afinal trouxe a solução para o nosso problema, uma informação fácil, e que poderia ter sido trazida ao conhecimento de todos bem antes, no início desta narração.

Não fiz assim, e, pensando melhor, talvez contar histórias não passe disso, de uma sucessão de escolhas, umas certas e outras não tão certas, importando mais a média de acertos do que um ocasional momento de brilho, acho. Em meu favor, tenho a dizer que antecipar este conhecimento seria, para mim, voltar ao cromossomo e esquecer o homem; seria sacrificar uma história em troca de uma informação, uma perda inaceitável, acredito, já que para algo tão simples quanto informações basta o interessado buscar o que deseja nos jornais da época. Ajudo: o Arquivo Municipal de São João fica na sede da nossa prefeitura nova, aberta das nove às cinco todos os dias, menos sábados, domingos e feriados. O Correio da Serra era um jornal como qualquer outro jornal interiorano, linotipia gasta e páginas e páginas de texto ilegível. Mas o interessado pode encontrar todos os números desde 1945, os que vieram após o incêndio da Intendência. As informações, ou a maior parte delas, estão lá. Para que precisamos de histórias afinal?

A resposta para o nosso problema usava uma jaqueta de couro e, às vezes, brilhantina no cabelo, para escandalizar em definitivo as mães e fazer tremer as filhas de São João. A resposta andava pelas estradas ao redor de São João em uma Harley-Davidson, em velocidade e horários pouco recomendáveis, e resolveu achar que aquele era o momento de demonstrar o que sentia por tudo são-joanense nos dando exatamente o que vínhamos tanto desejando.

Nesse instante de nossa história, Júlio Linhares procurou Ronaldo e disse que São João precisava de um juiz. Ronaldo lhe disse que sabia disso, mas não havia o que fazer. Júlio riu e disse que ainda não tínhamos feito nada. Que era tudo uma questão de jeito. "Como assim?", tinha perguntado Ronaldo, ficando sem resposta, porque Júlio já se afastava da praça, deixando um pouco de fumaça azul onde antes havia Harley e um ruído alto que se espalhou um pouco pela serra antes de ser abafado pelo morro entre a cidade e a estrada. Talvez James Dean fizesse saídas mais triunfantes, mas eu não teria como dizer. Nunca tinha visto um filme dele, que, de qualquer forma, já estava mesmo morto havia alguns anos.

Júlio Linhares nunca tinha sentido algo parecido. Pela primeira vez, não eram assunto Júlio e a motocicleta; Júlio visto em flagrante com uma garota de Campos; Júlio e discos de música incompreensível para quase todos; rock, ou algo parecido, saía da janela do quarto de Júlio para o espanto geral de São João, e a cidade se perguntava o que haveria de errado com esse rapaz. Anselmo, o capataz do Dr. Linhares, este tinha vaticinado, com Júlio ainda adolescente e passando um tempo exagerado sozinho ou com livros, "Deus que me perdoe, mas esse menino ainda vai ser fresco."

Júlio não era, e não viria a ser, fresco, ou como quer que se chamassem os homossexuais na São João da época; oficialmente não os tínhamos, todos os da região viviam em Campos, claro. Júlio na verdade exercia bastante fascínio sobre as meninas, e não apenas pelo nome, sobrenome e hectares, tenho certeza. A cidade não compreendia Júlio, apenas isso. Ela não sabia que Júlio era apenas o precursor de um movimento muito mais amplo, e que nos anos 80 até mesmo um grupo punk, ou o que para nós parecia ser um grupo punk, iria surgir na cidade.

Júlio era rico demais para servir de modelo aos outros rapazes de São João, que podiam admirar secretamente Júlio e seu estilo, mas ainda se resignavam com os bailes do clube, orquestras de muitos integrantes e até mesmo festas no Centro de Tradições Gaúchas Lanceiros da Serra. Com exceção de Júlio, não havia ninguém entre dezoito e trinta anos em São João que ousasse afrontar o sistema de então. A irmã, Juliana, apesar de ser considerada voluntariosa e opinativa demais para uma mulher, era desculpada por ser filha do Dr. Linhares e um partido importante demais para estigmas. Como mesmo o pai parecia não fazer idéia do que Júlio poderia estar querendo, a cidade se sentia à vontade para transformá-lo num pária — privilegiado, invejado, observado com atenção em cada movimento —, mas um pária assim mesmo, algo que deve ter provocado nele muito mais desagrado do que ele demonstrava. Júlio era um rapaz sensível e bom, algo que sempre achei, e se não disse a ninguém e muito menos a ele, foi porque isso não teria feito a menor diferença.

Júlio entrou em casa numa tarde em que fazia frio e o Dr. Linhares se aquecia numa poltrona colocada diante do fogão da cozinha. O Dr. Linhares nunca tinha mudado a sua opinião de que confortos eram o começo do fim;

nisso, era um autêntico representante da visão serrana de mundo, visão de uma sociedade que jamais tinha atingido o acúmulo de capital de outras regiões do país ou mesmo do estado e por isso acreditava que menos era mais, qual a escolha? O Dr. Linhares era um são-joanense típico e um homem que, mesmo sendo rico, o que muito poucos eram, mesmo para o que então se considerava riqueza, preferia sua fazenda mais frugal, perto de Cambará, onde as frestas nas paredes convidavam o vento para uma visita e o fogão da cozinha era a única força a se antepor ao frio siberiano que o cercava. Na casa da cidade também reinava o fogão a lenha, e, nas tardes de frio, era na cozinha onde ele se colocava, expulsando a todos, se recolhendo nos seus quase sessenta anos e pensamentos. Desde os tempos em que precisava controlar todo o impulso de um menino de oito, nove, dez anos, ansioso por pedir alguma coisa ao pai, Júlio sabia o quanto ele detestava ser interrompido.

— Pai — disse Júlio.

— Hum — fez o Dr. Linhares, no tom exato para o que Júlio pretendia.

— Ronaldo esteve aqui querendo falar com o senhor. Mandei ele voltar depois, porque o senhor não gosta de ser incomodado a esta hora.

— Já estão me incomodando a esta hora.

— É que ele falou uma coisa que eu achei interessante.

— Aquele idiota? Duvido.

— É, deve ser. Deixe pra lá, então.

— Agora já me acordou. O que é?
— Nada, acho. Só uma coisa que ele falou.
— Hum.

Júlio achou que o "hum" estava no ponto. Raiva, este o jeito. Terra, este o medo. Linhares não conhecia o filho, mas Júlio sabia bem o que movia o pai.

— Ele veio falar sobre a questão do juiz.
— De novo? Mas esse rapaz não desiste? Eu já falei que São João não precisa de juiz coisa nenhuma.
— Também acho. Mas ele falou uma coisa que achei interessante. Que o juiz de Campos está julgando um caso que envolve terras do município de Cambará. E que ele tem autoridade para julgar casos até mesmo aqui.
— Aqui?
— Sim.
— Um sujeito em Campos se metendo em assuntos daqui?
— Sim.
— Pelo fato de aqui não ter um juiz?
— Foi o que ele disse.
— Terras?

Júlio fez que sim, e o Dr. Linhares fez com a mão para ele sair. Júlio conhecia aquele gesto também. O Dr. Linhares ia pensar e chegar às conclusões certas. São João ia ter o seu juiz, logo, logo, sabia Júlio, e isso ia ser muito bom. Havia muito que um juiz podia fazer por eles. Havia tanto, que desde o dia anterior Júlio só fazia pensar em pelo menos uma que ele gostaria imensamente que o juiz fizesse por ele. Um juiz, pensou Júlio, sem entender como não tinha pensado nisso antes.

De um Linhares, era de se esperar que fosse o primeiro em tudo, dizia o Dr. Linhares aos filhos, quando eles eram pequenos e a mesa os reunia; e em pelo menos um aspecto Juliana iria satisfazer o desejo paterno, se tornando a primeira mulher desquitada da cidade, um escândalo razoável na época, antes que isto passasse a ser normal até mesmo em São João.

Juliana nasceu em um parto difícil, sem compensações para Dona Ana. O Dr. Linhares, esperando na sala do hospital, recebeu com bastante fleuma a notícia do nascimento de uma menina.

— Não faz mal — disse, e foi ver como estava a mulher. O nome Júlio, que deveria servir de homenagem ao ídolo político do Dr. Linhares, ficou guardado por dois anos até que Dona Ana desse ao Dr. Linhares um filho, e, com nome adaptado, poucas pressões ou interesse paterno, a menina Juliana cresceu e se tornou a moça Juliana, arcando talvez com o peso do nascimento nobre, mas livre dos encargos protocolares da aristocracia, ao menos quando em São João, por ausência de motivos ou locais onde exercê-los.

Após os primeiros anos de tentativa, Juliana Linhares tinha desistido de ser simples ou amigável com as pessoas de São João, tendo percebido muito cedo, menina ainda, que ninguém acreditaria que ela estivesse sendo simples com sinceridade, sendo filha do Dr. Linhares. As outras moças viam nela uma rival com quem não podiam competir, e as pessoas mais velhas, a chance de criticar os defeitos que na verdade eram do pai, menos vulnerável. Os rapazes viam Juliana com olhos de possibilidades ou de inatingibilidade, e os que sinceramente sentiram algo por ela escreveram poemas de má qualidade e saíram de cena sem deixar vestígios. No tempo da vinda do Juiz, aos vinte e dois anos, Juliana era impetuosa, impulsiva, um pouco infantil e uma bela mulher, lembro bem.

Anos depois, com tanto tempo passado que confissões não faziam mais a menor diferença, Juliana falou para mim, ouvinte surpreso, em uma noite na varanda de minha casa. Ela falou enquanto eu ouvia sem entender direito, no começo, antes de lembrar e compreender de onde vinha a emoção da voz; Juliana me falando que se apaixonou pelo Juiz porque ele tinha sido a primeira oportunidade de sentimentos imprevistos em sua vida, o primeiro encontro com o incontrolável. Na primeira vez que o viu, logo após a chegada dele a São João, ela olhou as mãos do Juiz, cheias de graxa, e sentiu vertigens. Juliana Linhares era orgulhosa e não achava que fosse capaz de demonstrar a um homem o que sentia por ele. Ela já conhecia bem a sensação de ter rapazes e homens a admirando, mimando; sabia das maneiras regulares de um flerte e acreditava que não havia surpresas à espera; e, no entanto, aquilo era diferente e novo. O que Juliana sentia pelo Juiz doía. A conclusão era a de que aquilo era sofrido demais para não ser amor, ela falou, olhando para mim na penumbra. Ouvi em silêncio enquanto ela falava, enquanto ela se afastava e sumia na noite, tantos anos depois de tudo, e já tantos anos atrás de agora.

O Juiz era um homem sóbrio, como se espera que um juiz seja. Ele também era educado, gentil, atencioso, simples e um pouco tímido, embora ninguém visse nisso um sinal de fraqueza. Nesses primeiros tempos, São João viveu dias de felicidade com o seu Juiz; mães fizeram sonhos para as filhas e pais imaginaram conversas sérias com ele sobre política ou qualquer assunto importante nas noites longas de São João. Ver o Juiz passar era a confirmação de que éramos algo especial sobre o mundo; a sua presença sutil era uma forma de lembrança da diferença entre a selva e a civilização, muito embora a verdade mais completa fosse que continuávamos distantes de ambas.

As audiências, no Fórum, apesar de envolverem pequenas questões, não eram menos freqüentadas por isso. São João achava que o Juiz não podia passar pelo desencantamento de ver a sua sala de audiências vazia. As pessoas faziam uma escala informal; os que não estivessem ocupados demais reformando um quarto, pintando uma parede ou cuidando de filhos com sarampo, abriam um espaço no dia para um momento de atenção ao nosso Juiz.

Em vários dias, o trabalho escasseava e o Juiz se via livre no meio da tarde; ele então ficava na sua sala, lendo, olhando através da janela para uns campos que ficavam próximos ao Fórum, ou se quedava horas perdidas diante de livros jurídicos, estudando, ao que parecia. À noite, ele praticamente não saía. Dava desculpas para não estar presente a jantares e reuniões nas casas de São João e ficava na sua sala de leitura ou na sala de jantar do hotel, onde tinha acertado um preço especial com o proprietário para as suas refeições.

Na primeira vez que me convidou para jantarmos juntos, eu fiquei tão surpreso que quase não consegui dizer que sim em tempo e ele já ia desfazendo o convite. Achei que comeríamos no hotel, mas ele havia pedido uma refeição entregue em casa, mais confortável, como disse. Avisei Mariana que estaria indo para casa mais tarde e jantamos, com ele me falando de assuntos do Fórum e um pouco sobre questões ligadas ao Judiciário em Porto Alegre. O Juiz era jovem, mas bem relacionado; me deu a impressão de que poderia ter tido melhor destino do que São João. Durante o jantar, falou com desenvoltura sobre os impressionistas que tinha visto em Paris e os expressionistas que tinha visto em Berlim. O Juiz certamente estava vários degraus culturais acima de São João, e Dantas tinha mesmo motivos para evitar uma proximidade maior, como vinha fazendo.

Após o jantar, o Juiz me convidou para uma partida de xadrez. Ele era um enxadrista entusiasmado e sabia jogar; nessa primeira vez venceu facilmente, usando uma abertura que eu não conhecia. Na hora de eu ir embora, o Juiz disse para eu pedir desculpas a Mariana por ter ocupado meu tempo. Eu disse que era um prazer para mim, que tinha gostado muito de conversar com ele, mas o Juiz não parecia mais estar me dando atenção. Eu tinha notado umas fotografias na sala que ele tinha transformado em escritório, e uma era de uma jovem em trajes de noite, que poderia ser alguém ou não, mas não tive coragem de perguntar.

— Boa noite, Antônio — disse ele, da porta.
— Boa noite, Juiz. O senhor é um bom jogador.
— Eu tenho tempo para pensar no jogo. É só isso.
— Eu também tenho tempo de sobra, Juiz. Mas tinha perdido a prática de pensar. São João faz isso com a gente.
— É mesmo? Em quanto tempo?

Fiquei um pouco em silêncio, não sabia ao certo o que responder.

— Boa noite, Juiz.
— Durma bem, Antônio. Amanhã temos um dia duro no Fórum.

Não tínhamos, e este era o senso de humor peculiar do Juiz. Ele acenou e fechou a porta. No caminho para casa, passei por Júlio Linhares, a irmã, Juliana, e Bento, o rapaz do clube, e pensei no que afinal aqueles três estariam fazendo juntos. Rapaz estranho, pensei, olhando para Júlio. Ele parecia muito animado nos últimos tempos. Sacudi estas idéias da cabeça e entrei em casa, onde Mariana já dormia, com a luz do quarto acesa para eu encontrar o meu caminho sem problemas. O Juiz era uma pessoa triste, pensei, antes de deitar. Qual seria o motivo, pensei, antes de iniciar umas páginas de um Proust que eu andava relendo, uma tradução feita por Mário Quintana, bonita e um tanto incompreensível. O sono me alcançou antes que eu conseguisse ir adiante, e lembro que sonhei com o Juiz, que me dizia, "Não, Antônio. Esse movimento leva a um mate em dez jogadas."

Acordei no meio da noite, pensando em como alguém poderia adivinhar o que iria acontecer dez jogadas depois. Impossível, garanti a mim mesmo. Bebi um pouco da água que Mariana sempre deixava ao lado da cama e voltei a dormir, pensando em cinco jogadas, cinco jogadas, cinco.

Júlio Linhares e a sua motocicleta estavam parados junto ao chafariz, no lugar habitual. A hora também era habitual, final de tarde e hora da saída do colégio das freiras, as normalistas rindo em complô se estivessem em grupo com as amigas, ou numa seriedade comprimida se a mãe vinha acompanhar até a casa. As mães não gostavam dele, pelos mesmos motivos que as garotas de São João gostavam. Júlio incorporava com muita eficiência o papel de fruto proibido de que tanto falava o padre Estevan. Júlio sorriu, enquanto Bento se aproximava até ficar ao seu lado. Bento não fazia virar rostos entre meninas de São João. Ele não tinha nada de errado, aparentemente, e parecia mesmo ser um rapaz sério e bom, o que devia contribuir para o pouco prestígio que tinha com elas.

Bento morava com a mãe, ex-empregada doméstica dos Linhares. No galpão junto à casa, além de automóveis de madeira, que construía em detalhe e vendia para os meninos da cidade, Bento montava modelos em plástico de aviões, que colecionava. Por vários anos, nos dias de aniversário de Júlio, Bento lhe dava um modelo de presente. Ao contrário de Bento, Júlio já tinha viajado de avião duas vezes, e enjoado durante o vôo em ambas.

— Não são uns encantos? — falou Júlio para Bento, apontando para as meninas.

— Pensando em casar, Júlio?

— Acho que elas são mais para o teu gosto. Não acha a Clarice um encanto? Ela está bem na idade.

— Ela não é pra pobre coitado — disse Bento, com um som na voz que sugeriu a Júlio que ele talvez tivesse acertado em alguma coisa.

— Pobre coitado, Bento?

— Não começa com esse assunto, Júlio. Já te falei que não quero mais ouvir falar nisso.

— Fantástico. Despreza o que pode ter.

— Pára com isso. Eu não quero esse tipo de conversa.

Júlio ficou em silêncio. Ele fez um gesto de paz na direção de Bento e acendeu um cigarro. Do Fórum, o Juiz saiu, na direção do hotel e do jantar.

— Que tal o nosso Juiz? Não acha ele o máximo? — perguntou Júlio.

— Não sei. A mãe falou que ele nunca vai na igreja. O padre diz que ele pode ser ateu.

— O padre não gosta de ateus? Estranho, porque está sempre lá em casa, aproveitando o vinho do Dr. Linhares. Eu nunca soube que o meu pai fosse de ir à missa. Acho que só vai quando morre um inimigo, pra ter certeza que o homem se foi mesmo.

— Júlio, ele é o teu pai.
— É mesmo. É o meu pai. E o teu emprego no clube?
— Eu gosto. Não paga muito, mas eu gasto pouco.
— Prova de que o Dr. Linhares é um bom sujeito. Te arranjou este emprego.
— Pára com isso, Júlio. Vai tudo bem assim, já falei.

Ficaram em silêncio, olhando para o clube, onde homens começavam a entrar, para as bebidas e o jogo da noite. Do outro lado da praça, o CTG também começava a mostrar movimento.

— Hoje tem dança — disse Bento.
— E pôquer no Comercial — disse Júlio.
— Vai até lá?
— Não. O pai anda perdendo. Se ele perde demais, fica de mau humor e começa a falar em vender a minha moto.

Os dois ficaram mais uma vez em silêncio. Do clube saiu um vulto feminino que pareceu pensar um pouco junto à porta, antes de caminhar na direção dos dois.

— Mana — falou Júlio. — Como estava o jantar?

Juliana não demonstrou muito prazer em ver Bento. Ele pareceu desconfortável e se afastou, depois de dar um boa-noite para os dois, que apenas Júlio respondeu.

— Júlio, sempre junto com esse sujeito.
— Acho bem natural.
— Não fala assim. As pessoas escutam.

— Quem liga pras pessoas?
— Se o pai escuta, não vai ser bom pra ninguém.

Os dois olharam para o Packard estacionado diante do clube.

— E o teu noivo? — perguntou Júlio. — Agradando o futuro sogro, como sempre?

— O Ronaldo não é meu noivo. E o que ele quer do pai é financiamento para os negócios dele. Nada comigo.

— É a mesma coisa.

— Júlio, precisa ser tão desagradável?

— Desculpa. Pra compensar os meus modos, deixa eu te oferecer uma informação interessante. Sabia que o nosso Juiz é um sujeito completamente desinformado em coisas do campo? Bento me falou que o Antônio disse no clube que o Juiz nunca tinha andado a cavalo. Que tal?

— Que tal, o quê?

— Não ficou contente em saber? Não acha que eu sou um bom irmão, te ajudando?

— Júlio, me ajudando em quê? O que temos é apenas uma obrigação de hospitalidade de ajudar o Juiz, se ele está precisando de nosso auxílio, não acha?

— Nosso auxílio?

— Nosso. Tu me ensinou a andar a cavalo, lembra?

— Bobagem. Isso é contigo, que sempre gostou mais de fazenda do que eu.

— Mas o Juiz não sabe disso, sabe? Vai me ajudar, ou não?

— Aparecendo pra aula, ou desaparecendo?
— Bons irmãos não atrapalham a vida uns dos outros.

Juliana riu e se afastou. Por trás de uma janela quase em frente, um vulto apareceu, olhando para Júlio, que olhou de volta. Clara, filha única do dono da farmácia, dezoito anos e sem fôlego. Júlio riu e acenou para a janela. Clara desapareceu da visão, e, de volta, Júlio pôde ver uma cortina de renda balançando e a mão dela fazendo sinal. "O pátio", dizia a mão, fazendo a volta na casa, rumo ao escuro mais protegido ao fundo. "Ao pátio", sorriu Júlio, olhando em volta. Não se via qualquer movimento na rua, então Júlio fez um sinal para a cortina, que esperasse apenas um minuto, porque ele logo estaria lá, e foi fazer a volta na praça por trás da casa do farmacêutico, uma verdadeira fera nos cuidados com a filha, diziam todos.

O farmacêutico Brandão, da Farmácia Sulina. Todas as preocupações que tinha com a filha, desde que a mulher o abandonou, diziam que por um propagandista de um laboratório de Curitiba. Estela, bela mulher, lembro bem. Estela atrás do balcão enquanto Brandão ia atender algum cliente mais distante, uma injeção de penicilina, coisa nova e que a todos assustava, mas ao menos não morriam mais tanto e por tão pouco, e lá chamavam Brandão e sua penicilina, e ele ia, deixando a farmácia aos cuidados da mulher, fogosa. Loira, não original, me garantia Mariana, curvas em excesso para São João. Dizem que Brandão voltou de uma visita a um paciente para encontrar Estela sobre o balcão e sob um alguém conhecido, amigo ou compadre. Voltou outro dia, meses depois do perdão, para não mais encontrar Estela, que tinha deixado Clara com uma tia e sumido para algum lugar de onde não voltou. Brandão passou a cuidar da menina com a ajuda de uma prima, mais tarde casou com a prima e seguiu cuidando de Clara com uma raiva que a todos assustava, que todos entendiam. Estela, bela mulher, lembro da — como se chamava aquilo sob a saia — anágua? Rosa a seda, a pele tão branca. Bela Estela. As lembranças.

Não podiam ser mais do que oito horas da manhã, e quase levei um susto quando vi quem se aproximava, Juliana Linhares na rua a esta hora, e cavalgando ainda por cima. Claro que as pessoas andavam a cavalo em São João. Todos tinham um, no mínimo em sinal de respeito ao passado, e, na verdade, um presente para muitos ainda, mas de uso exclusivo no campo. Na cidade, apenas o pessoal vindo de fora e de passagem por aqui, ou nas festas do Lanceiros da Serra. O Juiz não sabia o que era estranho ou normal, e por isso apenas sorriu e tirou o chapéu quando Juliana parou ao nosso lado. Estávamos falando sobre uns processos que iríamos ver no dia, me afastei e tentei não escutar a conversa, mas Juliana falava alto, para mostrar que não havia o que esconder.

— Bom dia, seu Antônio. Bom dia, Juiz.

— Bom dia, Juliana — falei. — Juiz, essa é Juliana Linhares, filha do Dr. Linhares.

— Eu sei — disse o Juiz. — Nós já nos falamos.

— Eu sou do Comitê de Recepção ao Nosso Juiz — disse Juliana. — E preciso saber se o senhor está sendo bem tratado. O que o senhor tem a reclamar?

— Nada — riu o Juiz. — Todos têm sido ótimos comigo.

— Então só me resta fazer um convite irrecusável para o tradicional passeio a cavalo que fazemos à tardinha. O que lhe parece?

Tradicional passeio a cavalo?, pensei. Tradicional, desde quando? Nos últimos dez anos eu nunca tinha escutado falar a respeito.

— Eu gostaria muito — disse o Juiz. — Mas a verdade é que eu nunca andei a cavalo.

— Não é possível — disse Juliana.

— Infelizmente é possível — disse o Juiz.

— Isso não pode ficar assim. O meu irmão é um ótimo instrutor. Existe um lugar perfeito, junto ao lago. Poderíamos ir, que tal às cinco horas? O senhor já está livre a essa hora?

— Não sei se é uma boa idéia.

— Seu Antônio, por favor, explique ao senhor Juiz que, para fazer parte desta cidade, é absolutamente necessário saber de cavalos, e vacas, e todos os tipos de coisas do campo.

— É verdade — eu disse a ele, e talvez fosse mesmo.

— O senhor tem alguma coisa contra animais ou vegetais, ou a natureza em geral?

— Não, claro — disse o Juiz.

— Muito bem, então. Cinco horas?
— Cinco horas — disse o Juiz, rindo.

Ela se afastou e caminhamos até o Fórum. O Juiz parecia estar se divertindo, mas não demonstrou interesse em falar mais a respeito de Juliana, então guardei meus receios e lembrei que também eu tinha um assunto parecido para tratar com ele. Eu não gostava da idéia, mas a insistência de Mariana tinha vencido. Esperei até a pausa do almoço e o ar satisfeito dele depois do assado de ovelha para começar.

— Desculpe se eu estiver sendo pessoal demais, mas eu tenho um convite para fazer ao senhor.
— Outro? Mas hoje é mesmo o dia do meu sucesso social aqui.
— É que em algumas semanas acontece o baile da cidade. Escolha da rainha do clube. É uma festa beneficente. Mariana e eu queríamos que o senhor fosse conosco. O senhor é novo na cidade. Todos gostariam que o senhor fosse.
— Todos?
— É uma cidade pequena. As pessoas se importam muito umas com as outras.
— E o que elas diriam, se eu não fosse ao baile?
— O senhor é o juiz. As pessoas se importam.
— Bom, nós não queremos desapontar as pessoas, não é mesmo?

Ele pareceu desagradado com a conversa. São João começava a se impor ao Juiz, e ele não estava acostumado a imposições. A cidade grande dá esta impressão de que nelas se pode fazer o que desejar, que ninguém percebe ou se importa. Eu mesmo já tinha conhecido a sensação. Na cidade grande, isto não passava de uma ilusão na maior parte do tempo, uma realidade às vezes. Aqui, era uma impossibilidade.

O Juiz não falou mais, e eu senti que ele não estava satisfeito com a pressão, mas já que em algum momento ele teria que passar a perceber melhor como São João funcionava, por que não logo?

Em casa, à noite, disse a Mariana que o Juiz tinha falado que sim. Ela sorriu e foi contar para as amigas, as mães de filhas rompendo os vinte anos, as maiores beneficiárias em potencial. São João nunca foi um lugar para amadores.

O lago é artificial e não muito grande, resultado do projeto de um construtor de Porto Alegre que tinha passado uns dias em São João, gostado muito do ar e achado que este era um lugar perfeito para uma casa de repouso, ou o que hoje chamam de spa. Ele, na verdade, era um homem além do seu tempo, porque foi exatamente no que São João se tornou nos anos 80, quando Gramado já tinha sido transformada na casa de bonecas que é hoje, para que turistas do país inteiro pudessem acreditar que estiveram mesmo na coisa mais parecida com a Baviera pagável em reais. Com o tempo, quando toda a serra começava a parecer uma disneylândia, São João terminou por ser descoberta. "A serra autêntica e preservada", dizem os panfletos nas agências de turismo, e talvez até sejamos isso mesmo, hoje em dia, mas em 62 o que deveria ser um spa não passava de um plano bem-intencionado e incompleto, com todo um setor do prédio já construído, onde apenas um restaurante funcionava de forma precária.

O Juiz era um homem pontual e chegou às cinco horas. Não havia ninguém ao redor, e ele decidiu que a superfície do lago, lisa naquela hora sem vento, era perfeita para um arremesso de pedras. O Juiz não era muito bom naquilo; tinha problemas com o ângulo certo, ou com a forma de segurar as pedras, que atingiam no máximo três saltos antes de afundarem em definitivo. Mas era um arremessador entusiasmado, ou ao menos era o que parecia a Júlio, que assistia de longe, entre as árvores. Juliana tinha sido categórica: se ele se aproximasse do lago naquela tarde, era um Júlio morto.

Júlio achava aquilo tudo muito divertido. Desde a chegada do Juiz, tudo andava muito melhor. O jeito com que todos olhavam para o Juiz. Ele conhecia tanto a eles todos, pensou Júlio; felizes consigo mesmos, se sentindo tão importantes agora. As mães, calculando que tal um marido assim para a filhinha, para deixar todas as outras mães morrendo de inveja, se imaginando sogras de um juiz, quanta importância. Pobres sonhadoras, pensou Júlio, firmando melhor as pernas, cansadas com a posição. Junto ao lago, o Juiz não parecia entediado e seguia atirando suas pedras, sem melhorar muito o desempenho de arremessador. Um ruído vindo de trás o fez deixar cair a pedra que tinha na mão.

— Assustei o senhor? — Juliana, montada num baio, trazendo outro cavalo pela rédea, ria. — Desculpe, não era a minha intenção.

— Eu acho que me distraí um pouco.
— O senhor fica bem melhor assim. O senhor é formal demais no resto do tempo, sabia? É o que todos dizem, "O Juiz, que coisa, tão moço e tão sério."
— Eu sou sério. O seu irmão?
— Infelizmente não pôde vir. A motocicleta dele teve um problema e ele precisou ir atrás de um mecânico. Achei que não podia lhe fazer esta desfeita, o senhor, um homem tão ocupado. E vim eu mesma para a aula. Eu também sou uma ótima professora.
— Tem certeza que isso é mesmo necessário?
— Claro que sim. O senhor quer ser respeitado pela comunidade de São João, naturalmente. Vou transformar o senhor num gaúcho autêntico.
— Eu venho me destransformando em um há mais de trinta anos.
— Só isso? O senhor parece tão mais velho.
O Juiz não respondeu, olhando preocupado para o cavalo que ela trazia e começando a subir na sela.
— Juiz, a gente monta num cavalo pelo outro lado. O senhor nunca fez isso antes?
— Num carrossel. Eu tinha cinco anos.
— Eu ajudo.
Júlio, do outro lado do lago, riu olhando para a cena. O Juiz, nas mãos de Juliana, parecia um menino assustado diante da professora. Ela até mesmo olhava reprovadora quando se fazia alguma coisa errada, e dizia muito bem quando ele conseguia acompanhar o movimento do animal. No começo, Juliana caminhou segurando o pescoço

do cavalo montado pelo Juiz, dando instruções. Júlio sabia que aquele pangaré era tão manso e domesticado, que uma criança de colo não teria o menor problema em se manter na sela. Mas Juliana se portava como se aquele cavalo representasse um perigo imediato, dizendo ao Juiz o tempo todo que era só ficar calmo e tudo iria correr bem.

Júlio achou que já tinha visto o bastante e se afastou, dando partida ao motor do outro lado do morro, para evitar ruídos indesejados. No lago, o Juiz falou alguma coisa e Juliana riu alto. Ela ria muito facilmente, pensou Júlio. Tudo sempre é como Juliana quer que seja, não é mesmo?, pensou.

Como ela iria reagir?, pensou Júlio, enquanto pegava o caminho do colégio das freiras, onde o dia de aulas estava terminando e onde ele poderia ver Clara passando pela rua, a saia mais curta do que estaria tanto na aula, quanto ao chegar em casa.

O Dr. Temístocles Linhares tinha obtido o título de doutor em um curso de Direito incompleto em Porto Alegre, e, independentemente do que pensasse o Ministério da Educação, o doutorado mais real do Dr. Linhares provinha das quadras de campo de que era dono, um quarto das terras utilizáveis do município de São João, muito mais se espalhando por municípios vizinhos e ainda alguma coisa no Uruguai.

Na percepção acadêmica de São João, cinqüenta quadras de campo davam ao portador o bacharelado; cem quadras equivaliam a um mestrado em questões agrárias por uma universidade importante. Qualquer que fosse o critério de medição — hectares, alqueires, quadras —, Temístocles Linhares era Doutor Honoris Causa, tendo ainda a modéstia de fazer um sinal com a mão denotando impaciência cada vez que um visitante, na tentativa do agrado, ia além do protocolo adicionando um coronel, ou comendador.

O mundo do Dr. Linhares era um lugar simples, com as pessoas se dividindo entre os que tinham e os que não tinham, com o verbo ter, no caso, aplicado quase que exclusivamente à terra. Um dignitário da República, um financista internacional, um príncipe da Igreja, um militar de alta patente, um prêmio Nobel em Física, todos mereceriam dele o mesmo grau de desatenção distante. O respeito do Dr. Linhares se limitava a coisas bidimensionais, com uma exceção vaga direcionada a gerentes do Banco do Brasil.

Na mente do Dr. Linhares não penetravam as iluminações do Iluminismo, as revoluções da revolução francesa, o século 20 quase que por inteiro. Símbolos da época, ele possuía poucos. O automóvel e a televisão tinham surgido por imposição externa aos desejos do Dr. Linhares. O Packard preto era uma conseqüência dos abusos do gerente do Banco da Província em cinqüenta e poucos. O gerente, desatento aos costumes locais, tinha surgido na cidade com um Oldsmobile que paralisou São João ao passar pela primeira vez por nossas ruas. O gerente não havia consultado ninguém quanto à correção de possuir um símbolo de propriedade único, sem dar ao Dr. Linhares a preferência do gesto. O Packard tinha surgido semanas depois, e o gerente amargava uma transferência para algum lugar na fronteira com a Argentina, onde o maior trabalho de um gerente era olhar para os campos sem fim e calcular o quanto deixava de ganhar por não ter como financiar as trocas constantes de rebanhos entre fronteiras invisíveis.

A televisão foi uma exigência da filha, Juliana, voltando de férias em São Paulo. As dificuldades tinham sido grandes, os gastos com uma antena e com o antenista —

Getúlio, um especialista ao seu dispor, como tinha escrito na carta de apresentação. Antenista formado em São Paulo, capaz de detectar sinais onde eles existissem — e que cobrou uma soma importante, acrescida à conta do hotel mais refeições pelos dois dias em que investigou os céus de São João em busca da tevê Piratini, um feliz e frustrado antenista, contente com os resultados que lhe asseguraram mais uns dois clientes na cidade, inconformado com a recusa do Dr. Linhares de, ao menos por alguns instantes, admirar a imagem surgida na tela. O Dr. Linhares não iria dar este prazer a antenista algum, e, se me lembro bem, foi apenas em 70 que fui vê-lo diante da televisão por mais de alguns segundos, Brasil e Inglaterra, 1 x 0, gol de Jairzinho, comemorado pelo Dr. Linhares, de forma discreta, mas uma comemoração, ora essa, o que tinha de mais nisso, se mesmo o Homem ia ao Maracanã com um radinho de pilha, como o mais comum torcedor, dizia o Dr. Linhares, orgulhoso do bageense que andava colocando comunistas e o país no devido lugar.

Mas isto seria em 70. Em 62, o Dr. Linhares não era um homem particularmente feliz. Jango e os comunistas eram algo que ele compreendia e temia. As poucas leituras do Dr. Linhares, vindas de uma assinatura da Seleções do Reader's Digest feita por Dona Ana, mostravam o que era o tal comunismo. Filhos denunciando pais à polícia. Igrejas fechadas e desrespeito à família e à propriedade, a confusão entre o seu mundo ordenado e um outro sem nome. Jango falava em reforma agrária. O Dr. Linhares possuía campos sem nada plantado que não umas almas, coisa dos anos 20, resultados de um mundo mais jovem e cheio de energia, e se Jango insistisse com essas idéias, se o povo local se contaminasse delas, mais alguns campos seriam plantados com mais algumas almas iludidas, era o que pensava o Dr. Linhares.

Politicamente, o mundo do Dr. Linhares também era muito simples. Eleições e missas, pensava ele; um pouco de umas e um pouco das outras, e todos seguiam felizes, com as promessas de sempre. O que afinal ganhavam com eleição? Voto, até para as mulheres? Getúlio tinha feito muito mais bem pelos pobres sem nada disso, por que agora queriam votar pra tudo? Votavam e acabavam elegendo um maluco como Jânio, passando aquela vassoura dele por tudo quanto era lado, ou ainda um Jango. Alguma coisa precisava ser feita, era o que pensava o Dr. Linhares, em sintonia com os tempos.

O Juiz era algo novo, desconhecido, um desconforto portanto. O Dr. Linhares não sabia ao certo o que fazer; se exigir vassalagem às abertas ou propor uma relação mais sutil e de compreensão muda. De qualquer forma, já era hora de solucionar uns casos que tinham evoluído em seriedade e precisavam de solução melhor do que as proporcionadas pelo delegado Gomes. O delegado pensava com os pés, algo que mesmo o Dr. Linhares começava a achar anacrônico.

O Juiz podia mesmo ser uma contribuição, pensava o Dr. Linhares, junto ao fogão, na modorra da tarde e chuvisco. Era só ele fazer as coisas certas, e, quem sabe, um pouco de campo para cada lado nunca iria fazer mal a ninguém.

O Dr. Linhares se moveu um pouco diante do fogo, para colocar de volta umas brasas fugidas. Algumas coisas estavam incomodando hoje. As costas, a dor que nunca passava de vez, por mais que visitasse aqueles médicos em Porto Alegre.

Os filhos, pensou Linhares. Os filhos são sempre uma dor. Como ele, Temístocles, tinha podido ter filhos assim, dava o que pensar. Júlio e aquela motocicleta. O guri era arredio, desde pequeno negaceava, era potro chucro, não havia o que negar, era o que havia de Linhares nele. Mas também havia algo de flutuoso, pedaço da mãe, a cabeça fraca.

Mas era o varão, e havia a esperança, a necessidade de ele se mostrar digno. Um dia desses, o guri ia ter que passar por uma prova.

Estes tempos estão deixando os homens frouxos, pensava Linhares.

Juliana, essa era diferente. Orgulhosa, um pouco arrogante nos modos, às vezes, no que, definitivamente, era uma Linhares. Até agora tinha se comportado, não deixava que chegassem muito perto, todos aqueles candidatos a estancieiro pelo caminho mais curto.

Ele já tinha se preocupado com isso uns anos antes. Sabia que não podia contar com a mulher para colocar bom senso na cabeça da menina, mas Juliana logo deixou claro que sabia o que se esperava dela. Agora havia o tal Ronaldo Vieira.

Linhares se acomodou melhor na poltrona, pensando em Ronaldo.

Ele era quem tinha começado isso tudo, vindo até aqui, pedindo com licença e como vai o senhor, querendo apoio dele para trazer o tal juiz. Sujeitinho interesseiro, pensava o Dr. Linhares, desagradado com negociantes de qualquer espécie.

— Para que um juiz? — tinha perguntado. — Nós já temos problemas de sobra.

— Campos tem um. E o prestígio da cidade? E o seu prestígio? Todos sabem da sua importância para São João. O senhor precisa nos ajudar.

— Vocês se preocupam demais com Campos e prestígio. Um juiz aqui vai ficar mexendo nas nossas coisas. Vai acabar dando trabalho. Deixem Campos com Juiz, psicólogo, o que quiser. São João já vai muito bem, obrigado.

Psicólogo era palavra nova, que o Dr. Linhares tinha encontrado na Seleções e o som tinha impressionado. Ele não fazia idéia do que fosse um psicólogo e soltava a palavra como se fosse um foguete de sinalização, indicando o momento de trocar de assunto, que aquele não estava agradando, que a dor nas costas começava a se manifestar mais intensamente.

Juliana, esta era uma Linhares, pensou, olhando através da janela para a neblina que se formava. O orgulho impedia que expressasse, mesmo para si mesmo, as dúvidas que tinha em relação a Júlio. Preferia pensar que o tempo era a cura, que jovens sempre têm essa necessidade da diferença, que isto passa.

Juliana, na hora certa, se comportaria como uma Linhares. E Júlio teria que aprender. Talvez o que faltasse a ele fosse um tempo no campo, pensou. O campo ensina as coisas. Talvez fosse este o problema do Jango. Não tinha, quem sabe, passado tempo bastante nas fazendas que tinha em São Borja. Essa era a única explicação, se não, como iria o homem sair por aí falando em reforma agrária, em ficar distribuindo terra como se fosse dele. Um homem assim não tinha amor por nada, pensava o Dr. Linhares, colocando mais madeira no fogão e ajeitando melhor a manta sobre os ombros.

Quando Júlio disse a Ronaldo Vieira que iriam ter o juiz, e que o pai iria pessoalmente a Porto Alegre tratar disso, a reação não poderia ser outra. A incredulidade de Ronaldo só cedeu diante da imagem do Packard se arrastando pelas ruas de São João, levando no banco de trás a imagem inconfundível do Dr. Linhares.

Uma vez, quando menino, em férias na Bahia, vi um grupo de baleias navegando perto da costa. O nadar absoluto, o domínio delas sobre tudo ao redor eram tamanhos, que não podiam passar despercebidos — nem mesmo pelo menino de dez ou onze anos que eu era. O Packard do Dr. Linhares possuía o mesmo dorso escuro e movimento imponente. Junto aos outros, em frente à barbearia, assisti à passagem do automóvel, todos no mesmo silêncio respeitoso diante daquela mostra da verdadeira natureza do poder, que se manifestou de forma rápida e simples. Uma conversa com o atual governador, amigo de amigos, uma conversa dele com o presidente do Tribunal de Justiça, umas poucas nomeações, uma pergunta ou outra ao prefeito daqui, sempre se pode ajudar alguém necessitado nessas horas, e tínhamos logo nosso Juiz e tudo mais que demanda um Judiciário que se instala. Muito mais ágil do que hoje e essa coisa toda de computador pra lá e pra cá. Mais simples eram os tempos, e mais fácil quando o Dr. Linhares podia e fazia, eu penso.

E em mais uma dessas coincidências que se costuma chamar ironia do destino, após o desquite, em 71, Juliana se mudou para Porto Alegre, onde começou um curso de Psicologia. Ela sempre foi uma menina inteligente e conseguiu mesmo se formar, numa cerimônia que o Dr. Linhares aceitou pagar, mas se recusou terminantemente a assistir.

— Não é trabalhista. Não é maçom, nem poeta; não torce pra nenhum time de futebol. Não vai à missa!

— O homem tem que ter algumas qualidades — disse Dantas, divertindo-se com a indignação de Josué. — E, ainda por cima, mostra instinto de sobrevivência. Só corta o cabelo em Porto Alegre.

— Um esnobe, isso sim.

Josué tinha ficado muito abalado com a desfeita. Tinha aguardado com impaciência o dia em que ia colocar um pano quente e perfumado sobre o rosto do Juiz, aparar os cabelos dele e conversar sobre o tema político do momento. Josué lia o Correio do Povo e estava a par do que ia pelo mundo. Era um profissional sério, costumava acompanhar o assunto que o cliente escolhesse, fosse ele o preço do adubo, problemas com carrapato, crianças com coqueluche ou a política no Rio de Janeiro e agora em Brasília. Ele nem sempre tinha a mão firme na hora de fazer a linha da orelha, podia deixar escapar uns fios mais rebeldes à tesoura, mas era um barbeiro compenetrado de seus deveres, e a desatenção do Juiz era um peso.

— Dantas — falou Ronaldo Vieira —, eu estava falando com ele no almoço, no hotel, sobre os valores da constituição americana. Ele disse que não confia num povo que vota para juiz.

— No que faz bem — disse Dantas. — Imagine se aqui se votasse. Júlio Linhares estava eleito.

— Sem brincadeiras, Dantas.

— Todos seriam convidados a votar no Anselmo. Ou melhor, em alguma vaca premiada do Dr. Linhares.

— Apenas bípedes podem ser eleitos — falei.

— Uma galinha então — tinha gritado Dantas, entusiasmado com a idéia. Ele se divertia, mas quase que só ele. Dantas não entendia o problema. Para ele, o Juiz era apenas uma brincadeira a mais no jogo maior de se manter à tona e em sanidade em São João.

— Aliás — disse Dantas, baixando a voz e fazendo sinal para que todos se aproximassem —, alguém aí também acredita que ele não gosta de mulher?

— Dantas! — disseram todos, percebendo que ele tinha bebido um pouco além da conta.

— Pois trago novas. O nosso Meritíssimo Juiz de Direito foi visto em atitude suspeita, interrogando Juliana Linhares junto ao lago. Que acham disso?

— Dantas — fez Ronaldo —, pára com isso, homem.

— Pois dizem que ele estava recebendo dela uma lição de boas maneiras sobre um cavalo. O nosso Juiz não parece ser um homem muito interessado em cavalos. Aí eu me pergunto: pelo que será que ele se interessa, além do Código Penal? O que vocês acham?

— Dantas, vê se fala menos e joga — disse o prefeito, com uma trinca de oitos na mão e ansioso por ir adiante.

— Vamos ver no baile, o que acontece — disse Dantas.

— Juliana já aceitou o meu convite para o baile — disse Ronaldo. — Ela estava apenas dando uma mostra de hospitalidade ao Juiz. Não houve nada de mais.

— Oh, claro, eu tinha me esquecido, Ronaldo. Kennedy não é o único ídolo na tua vida. Temos também Juliana Linhares.

— Dantas — disse o prefeito —, vamos nos concentrar no jogo, pelo amor de Deus.

— Claro, o jogo — disse Dantas. — Como pude me esquecer do jogo?

O meu sítio fica a alguns quilômetros da cidade, na direção de Cambará. Hoje, arrendo a maior parte para uns meninos com diploma em Agronomia fazerem experiências com plantações de maçãs. Parece que eles criam ovelhas juntamente com as árvores de maçãs, o que me parece perfeitamente aceitável. Robert Frost fala, em um poema, da relação entre vacas e pinheiros. Maçãs e ovelhas devem ser muito compatíveis, restando ver se formam também uma combinação rentável. Mas os meninos me falaram dos seus planos com tanto entusiasmo, que aceitei o preço que ofereciam, desejando a eles sorte e sucesso. Os mais jovens devem ter as suas chances, é o que sempre digo.

Mariana e eu costumávamos ir até lá aos finais de semana. Íamos porque era terra de Mariana, dote ou herança. Íamos para renovar nosso contato com a terra, para Mariana cuidar das árvores frutíferas que plantava, para eu fazer reparos na casa, para ver as abelhas que andava criando. Achei engraçada a atenção que o Juiz deu ao meu relato, quando pela primeira vez lhe falei do lugar, do rio que atravessava a terra, dos banhos de cachoeira. O interesse dele pareceu além do social, mas não dei maior atenção. Ele perguntou quando costumávamos ir, ao que respondi que às sextas, semana sim, semana não, a não ser que alguma tarefa exigisse atenção mais freqüente.

Eu estava colocando ferramentas na picape, quando percebi a presença dele ao meu lado, com uma sacola em uma mão, livros na outra.

— Estamos de saída? — ele perguntou, e entendi que alguma coisa dita por mim havia sido entendida e recebida como um convite.

— Quase — respondi a ele, que aceitou o meu gesto indicando o banco; que sentasse ali um pouco enquanto eu ajudava Mariana com o que faltava.

Mariana começou a chorar e dizer que, se ele fosse, ela ficava. Isto era impossível, e eu sabia que ela iria pensar melhor e mudar de opinião, mas por uns longos dez ou quinze minutos precisei deixar que colocasse a cabeça no meu ombro e ficasse repetindo baixinho que não, que não iria, não se ele fosse.

— O sofá da sala tem um furo no braço. Eu já te falei tantas vezes, Antônio. Como é que a gente pode ter uma visita lá assim?

— Ele não é bem uma visita. E é um homem simples, você sabe.

— Não podia convidar assim sem me falar nada. Não podia!

— Eu não convidei, Mariana. Mas agora ele está aí, o que eu posso fazer? Mandar embora?
— Fala que eu fiquei doente. Que não posso ir.
— Mariana. Isso ia ser uma vergonha.
— Meu Deus, Antônio. A gente não tem nem lençol decente pra cama de hóspedes.
— O lençol, a gente vê depois. O que vamos fazer agora? Ele está lá fora, esperando.

Mariana ficou um pouco no meio da cozinha, fungando, depois sentou junto ao fogão, como eu sabia que ela faria quando estivesse mais conformada.
— Pelo menos vai passar uns dias comendo direito. Parece que passou fome a vida inteira, é só osso!
Abracei Mariana e saí para a rua, onde o Juiz esperava, com o ar mais despreocupado do mundo. Eu tinha falado que lá fora não tínhamos luz elétrica e quase nada de conforto, o que pareceu atraí-lo ainda mais. Eu gostava do sítio, gostava de andar por lá, sentar na varanda e ler um pouco. Nós já tínhamos levado uns amigos, feito churrascos nos aniversários; nunca um hóspede, muito menos de forma tão improvisada, mas isto parecia ser exatamente o que o Juiz vinha querendo, uma chance de estar num lugar despojado de tudo. Se era isto mesmo que ele estava querendo, pensei, então tinha escolhido o lugar certo.
Mariana saiu de casa com um sacola de comidas, explicando os olhos vermelhos ao Juiz como resultado da fumaça na cozinha. Ele acreditou, ou fez que sim; nós entramos apertados na minha picape e fomos embora.

Eu dirigia com cuidado. Umas semanas antes, a lama da estrada tinha levado a melhor, e Mariana e eu ficamos umas duas horas parados dentro de um valo, até passar um vizinho com um caminhão e nos tirar do atoleiro. Hoje eu não queria que isso acontecesse conosco, não sabia o que iríamos fazer os três, duas horas parados em um mesmo lugar.

A região ao redor da cidade é de uma beleza dura, como tudo por aqui. Os campos são queimados de geada no inverno e ralos no verão. Existe pouca vegetação além da rasteira, o mato resiste em capões isolados. Os campos são altos, estamos a novecentos metros de altitude, as nuvens dão vôos rasantes sobre nossas cabeças, entrando feito trens pelos muitos desfiladeiros. As árvores maiores são os pinheiros araucária que existem aos milhares ainda. Os animais são escassos, mas nos matos se encontram veados, e nos banhados ratões, e nos campos emas. Com um pouco de esforço, caçamos tatus, que dão um cozido gostoso na opinião dos daqui. Os rios são rasos e poucos, a água sempre fria.

Três quilômetros fora da cidade, fica a cachoeira do S, o nome do rio, graças ao jeito com que serpenteia pelos campos. O Juiz nunca tinha visto a cachoeira, e me veio a idéia de ir até ela. Seria algo para quebrar o tempo e o silêncio até o sítio.

A surpresa dele tocou até mesmo Mariana e o mutismo teimoso em que ela se mantinha. O Juiz caminhou até perto da queda-d'água, como se não acreditasse muito que fosse real. Ela é mesmo muito bonita, cercada de mato e ao lado de um penhasco muito alto — a queda completando uns quinze metros e formando uma piscina natural na base.

— Se pode nadar aqui? — perguntou o Juiz.
— Se congela aqui — falei. — Mas se pode nadar, claro.
— O dono da terra não se importa?
— Isto aqui é terra do Dr. Linhares. Ele não se importa que usem. Mas muito pouca gente vem até aqui. Preferem as sangas mais perto da cidade. E a água é muito fria.
— Antônio, isto aqui é lindo.
— Vamos seguir, Juiz. Daqui a pouco começa a escurecer.

O Juiz ficou olhando para trás enquanto foi possível ver a cachoeira, antes de a picape fazer a volta no barranco. Ele viu uma ema e perguntou se era selvagem, viu uns gaviões e perguntou o que comiam aqui. Em pouco tempo, até Mariana saía do silêncio e começava a ajudar o Juiz a desvendar o desconhecido ao redor.

O nosso sítio fica no meio de um campo alto, sem nada que o demarque. Quem seguir a estrada que leva a Cambará pode pegar à direita, pouco depois da nossa entrada, o caminho que leva até o cânion do Itaimbezinho. Lá sim, como na Fortaleza dos Aparados da Serra, a visão é impressionante, a natureza opulenta. Pesquisadores de várias partes do mundo já estiveram por aqui estudando a vegetação e a geologia. Nada disso afetou muito as pessoas de São João, que raramente fazem os quase sessenta quilômetros de estrada de chão para apreciar a beleza. A chuva de uns dias antes tinha estragado bastante a estrada, e disse ao Juiz que seria melhor esperar um outro dia para irmos até o cânion. Ele pareceu desapontado, mas concordou com a espera.

No sítio, enquanto Mariana organizava o jantar, ele disse que eu devia ficar à vontade, e entendi que desejava caminhar sozinho. Armei o tabuleiro de xadrez na varanda e fiquei revendo Terestchenko x Rotlevi, escutando o som dos sapos lá fora e das panelas se chocando na cozinha, vítimas de Mariana, que descarregava a tensão da forma que podia.

A noite estava limpa, e as estrelas, intensas. Em São João, tínhamos nosso astrônomo, Angelo Barti, um italiano exilado de Campos, chamado de Mussolini pelo Dantas. Barti, anos atrás, foi italiano demais, romântico demais na lida com algumas mulheres casadas de Campos, e a única saída tinha sido o exílio, que não poderia ser menos completo em São João do que teria sido em algum lugar remoto na Lapônia. Barti, no entanto, era um apaixonado por mais coisas do que mulheres alheias, estrelas, elas mesmas, e construiu, seguindo sabe-se lá que receita, um telescópio, que usava nas noites sem sono do trabalho de guarda noturno do Hotel da Serra.

Foi ele quem, numa noite láctea, sem nuvens, me chamou quando eu voltava de um churrasco na casa do Dantas, mostrando um ponto luminoso, um disco pequeno e de cores vibrantes, e me sussurrando junto ao ouvido:

— Saturno!

Barti riu, vendo o meu espanto. Saturno, ali mesmo, no céu de São João. Eu nunca teria imaginado que ele estivesse ali, tão próximo. Não era possível ver os anéis, infelizmente, o telescópio dele não era tão bom. Mas estava ali, Saturno.

Barti ainda me convidou para olhar a lua algumas vezes, mas uma visada naquela superfície estéril foi o suficiente para mim, me fez pensar em São João de um jeito que não me fez bem.

A lua sobre São João já tinha produzido uma das falas mais famosas da cidade, por conta de Dona Ana Linhares, mulher simples, que veio para cá casar com o Dr. Linhares chegada diretamente da região do pampa. Numa noite, a nata de São João reunida na casa dos Linhares, Dona Ana se quedou pensativa, mirando a lua para a qual olhavam todos, e quando a frase surgiu, já veio pronta para a posteridade e para a resposta dura do Dr. Linhares, presenciada por Júlio, em mais uma conta a adicionar à longa dívida do pai para com o menino.

Dona Ana tinha feito um sinal com a mão, no caminho da sala de jantar, de onde buscava canapés para os seus convidados. O sinal pedia um pouco de atenção, que Dona Ana tinha algo a dizer.

— Será que a lua daqui é a mesma de São Gabriel? — tinha sido a pergunta de Dona Ana, uma curiosidade que ela mesma desfez com outro gesto de mão e desimportância, dizendo, já a caminho da sala de jantar, para os que ouviam, paralisados: — Não pode ser a mesma — disse, leve e desatenta —, São Gabriel fica tão longe!

Ficamos em silêncio e à espera do que viria, nada a fazer.

— Duas coisas que não agüento — disse o Dr. Linhares. — Conversa sobre o tempo e mulher burra!

Dona Ana, tendo escutado — claro, não havia como não ouvir, disso se encarregava o volume da voz do Dr. Linhares —, não podia evitar encontrar a nós todos na sala, sem ânimo sequer para fazer acreditar que não tínhamos escutado o que quer que fosse; que sim, tínhamos escutado qualquer coisa, mas não prestávamos atenção alguma ao que maridos pudessem dizer sobre as suas mulheres durante jantares, quando os ânimos azedam e as convenções tornam impossível o revide a quem mantém o verniz de cortesia de que abria mão tão facilmente o Dr. Linhares. Aquela foi uma noite triste, da qual me lembro quase sempre que a lua é cheia.

A lua de São João me fazia companhia, e agora eu percebia que também o Juiz. Ele tinha chegado do campo, as botas mostrando que tinha errado o caminho, passando pelo alagado próximo ao galpão na volta.

— Me tornei um anfíbio, Dona Mariana.

— O senhor tire as botas, que eu dou um jeito.

Mariana retornou ao seu lugar junto ao fogão, sentada e tricotando.

— O senhor via televisão em Porto Alegre, Juiz?

— Via sim, Dona Mariana. Lá, eu não tinha um céu como este para ficar olhando. Os meus pais têm um televisor. Eu assisto, um pouco.

— Eu ia achar muito lindo uma televisão. Eu vejo umas vezes na casa da Marta, a nossa vizinha. Eu até choro quando a história que eles mostram é triste.

— A senhora ainda vai chorar muito. Logo todo mundo vai ter a sua televisão. Em São João, em Porto Alegre, no Rio de Janeiro, no mundo inteiro.

— O Artur — falei —, o dono do cinema, diz que se a televisão vier mesmo ele muda de ramo. Diz que já está difícil sobreviver como está. Que cada vez menos gente quer ver as fitas.

— Eu gosto de cinema — disse Mariana. — Filme do Marcello Mastroianni então!

O cinema de São João era uma das nossas escassas opções culturais. Na verdade, era a única opção, e não tão cultural assim. Uma sala com cheiro de mofo, ao lado da casa do Artur, com sessões começando na hora que ele terminasse de jantar, quando saía para contar o número de cabeças, vendo se valia a pena começar a projeção e então entrávamos, nós os últimos porque morávamos diante do cinema. Mariana ficava na janela à espera da confirmação, contando de tempos em tempos: "Dezenove, vinte e dois, vem logo que tem gente bastante, Antônio!"

E íamos. Mariana adorava cinema. Por causa dela vi "La Violetera" pelo menos cinco vezes, "Marcelino Pão e Vinho" outras tantas. A preferência de Mariana era por cinema de lágrimas. Por vezes, o filme entrava de cabeça para baixo, e então, em vez de conserto, escutávamos os ruídos do Artur na sala de projeção, o jantar impelindo ao sono.

Jantamos, o Juiz em conversa com Mariana, a quem ele tinha decidido seduzir. Eu o olhava agradecido, ele me ignorava e dizia a ela que sim, que não havia nada no mundo como as hortênsias no verão. E que, claro, ovo de galinha ciscadeira era fundamental para um bolo decente. E que a mãe dele nunca tinha tido um jardim, o que era mesmo uma vergonha.

Ao final do jantar, voltamos à varanda para um café, e o Juiz parecia muito calmo e satisfeito com tudo. Pensei em não dizer nada, mandei o cuidado para longe, talvez encorajado pela grappa feita por um gringo de Campos, que eu bebia aqui no sítio, longe dos olhos de São João.

— Juiz, por que o senhor veio para cá? O senhor é moço, e gente moça gosta de movimento.

— Eu tive movimento demais. Queria sair do mundo um pouco. Não fiz a escolha certa?

— Quando eu decidi ficar aqui, foi a coisa certa pra mim. Para o senhor, não sei.

— Eu sou um juiz, Antônio. Aqui há pessoas.

— Mas me falaram sobre a sua família, o seu pai. O senhor poderia ter escolhido um lugar maior, se quisesses. Não precisava ter vindo para cá.

— Antônio. O herdeiro pode escolher entre ser ungido e lutar suas próprias guerras. Não havia guerra nenhuma em andamento. Ainda não, pelo menos. Havia São João. Fiz má escolha?

— Não sei, Juiz. Mas o que o senhor vai encontrar aqui? Que batalhas? Quem vai ficar abrindo processos uns contra os outros? Todos se conhecem.

— Vocês nunca tinham tido um juiz antes. As coisas mudam, Antônio

— O que o senhor quer dizer?

— Que a ambrosia que Dona Mariana fez é simplesmente a melhor coisa que já provei na vida. Dona Mariana! Eu podia prender a senhora por estar me induzindo ao crime. Acho que posso assaltar a sua cozinha no meio da noite.

Mariana riu de volta, encantada com o elogio, que eu podia imaginar repetido aos milhares durante a semana, com todas as mulheres da cidade vindo à nossa casa para saber de Mariana como ele era, afinal.

O Juiz sugeriu uma partida de xadrez e jogamos até quase meia-noite, depois de Mariana ter pedido licença e se despedido de nós. Ganhei, e ele disse que tinha sido um grande jogo, e talvez tivesse sido mesmo, mas eu não consegui aproveitar o momento, porque havia essa tristeza que eu não compreendia direito, e ela tomava conta, e eu só consegui fazer que sim quando ele disse que ia deitar e me desejou uma boa noite.

Dediquei o sábado a servir de anfitrião, mostrando ao Juiz o sítio, as terras ao redor. Após um almoço rápido, levamos Mariana até a casa de uma vizinha, mãe de ainda outra de nossas afilhadas, e fomos até Cambará. O Juiz insistiu em tomar cachaça em uma venda, em ficar ali, olhando em volta, para as casas descoloridas e para a tristeza da cidade. São João pode parecer uma metrópole, basta escolhermos com o que comparar, pensei. O Juiz escutava a conversa dos tropeiros, atento aos termos, ao sotaque carregado dos gaúchos, que ele mesmo quase não tinha. Na volta, ele permaneceu em silêncio, e, à noite, pediu licença logo após o jantar e se recolheu ao quarto. Disse que queria escrever umas cartas, ler um pouco. Levou o lampião de gás, após Mariana ter dado explicações demoradas sobre como fazer a coisa funcionar sem explodir.

Ficamos a sós, Mariana e eu, sem saber o que dizer, sem querer quebrar o silêncio. Ela escolheu uma peça para tricotar, e eu peguei no sono diante do fogão a lenha, com meu Proust sobre o colo. Mariana me chamou, como sempre. Tocando de leve o meu ombro, rindo levemente acho que sobre o jeito dos homens, de dormirem sem o admitir, de acordar com o sobressalto dos culpados. Fomos para a cama em silêncio. No quarto do Juiz ainda havia luz.

No dia seguinte, o Juiz acordou tarde, o sol já ia alto, umas nove horas. Mariana já tinha conseguido leite com o vizinho, já tínhamos tomado café os dois, desacostumados de esperar até tão tarde. O Juiz insistiu para que sentássemos com ele à mesa, um tormento que Mariana suportou em silêncio, no medo de pegar o garfo de um jeito errado, um prato que caísse da mão, um ruído inadequado. As noções de etiqueta que Mariana vinha recebendo da televisão não faziam a vida mais fácil, apenas ficavam lembrando a ela, na presença do Juiz, do quanto não sabia e nunca iria aprender direito. O Juiz não poderia dar menor importância a essas coisas, eu sabia, mas isso era algo que Mariana não estava em condições de apreciar. Eu mantinha a conversa em assuntos que pareciam interessar ao Juiz, falei de como pegávamos tatus ao entardecer, ou à noite, e ele ficou fascinado com a idéia. Naquela tarde, na volta, tivemos a sorte de ver um molita grande, o casco brilhando no sol de poucos graus, sobre o campo.

Terminado o café o Juiz disse que gostaria muito de ajudar em alguma coisa, para pagar a estada, queria se sentir menos hóspede, falou. Eu disse que não havia o que fazer, mas Mariana atalhou, feliz por ter como se ver livre do Juiz por boas horas.

— Tem o galpão — ela disse. — O galpão precisa de conserto.

— Não é nada — falei. — É bobagem que eu mesmo reparo num instante.

— Mas faz meses que não repara coisa nenhuma — ela rebateu, implacável. — Já tem madeira apodrecendo.

— Então é trabalho para nós dois — disse o Juiz, parecendo mesmo satisfeito. — Já volto — ele disse, entrando no quarto.

Olhei para Mariana, que riu de volta e foi para a cozinha, feliz com a vingança. O Juiz voltou do quarto vestido numas roupas que podiam ser de mecânico, que olhei com surpresa.

— Do tempo do serviço militar — disse o Juiz, vendo o meu espanto. — Eu mexia nas máquinas.

— Serviço militar?

— Sim. O melhor era a comida. Vamos?

O galpão precisava mesmo de conserto. Era onde eu guardava as ferramentas de trabalho e alguma coisa que tivesse plantado e colhido. Umas tábuas da parede tinham se soltado na parte superior, o estrago não era grande, mas difícil para um homem sozinho consertar.

Ele era mais alto do que eu, mais jovem, e parecia gostar do esforço físico — mais uma coisa diferente do jeito das pessoas em São João. Todos trabalhavam pesado em São João, e todos detestavam este tipo de tarefa, lembrança de tempos mais duros e de uma procedência camponesa ou pastoral. Para o Juiz, não. O trabalho físico e duro era uma quebra de rotina, era um pouco de uma realidade que ele nunca tinha conhecido em todo o seu desprazer, e à qual ele, o único em toda a cidade, atribuía um encanto que absolutamente não fazia sentido a alguém que tivesse passado a vida inteira acordando antes do sol, o mundo transformado em uma geleira, para ordenhar vacas, trabalhar no campo, sair no pastoreio ou para o comércio.

Trabalhamos sem descanso e em silêncio até o início da tarde, quando Mariana nos trouxe um almoço frio, que comemos todos sentados na sombra diante do galpão. Tínhamos frango frito e salada de batatas, vinho resfriado no regato atrás do sítio. Eu nunca tinha visto o Juiz tão satisfeito.

Depois do almoço, não tive coragem de fazer minha sesta de domingo, na rede sob as árvores. Continuamos trabalhando no mesmo silêncio.

— O senhor pode conseguir um emprego na safra — falei, sabendo que ele ia gostar da idéia.

— Acha mesmo? Eu sempre quis ser fazendeiro. Quando acontecia a feira de animais em Porto Alegre, eu sempre ia. Gosto do cheiro. Gosto do jeito das pessoas.

— E agora, de perto. Ainda gosta?

— Eu não estou assim tão perto.

— Juiz?

— Isso o surpreende? Achei que o senhor fosse a pessoa mais preparada para entender. O senhor já foi um estrangeiro aqui.

— Já faz muito tempo. A gente se acostuma e esquece.

— Foi difícil para o senhor?

— Não sei. Acho que não. Eu era um homem pobre, simples. Não que o senhor não seja, simples, quero dizer. Mas o senhor é uma autoridade. Ninguém sabe se comportar direito.

— O que fez o senhor ficar aqui?

— Bom, eu não fiquei aqui. Eu não estava indo a lugar nenhum. Só achei que era uma cidade boa, de pessoas simples, decentes. E conheci Mariana, casamos e ficamos morando em São João. Parecia a única coisa a fazer, acho.

— O senhor nunca quis voltar para a sua cidade?

— Juiz, depois de um ano em São João, ninguém mais tem outra cidade.
— Então eu preciso me cuidar. Obrigado pelo conselho.

Ficamos em silêncio, eu passando as tábuas para ele, que ficava sobre a escada, colocando-as no lugar com um prego longo que martelava com cuidado.
— Me sinto um romano — disse ele, numa pausa, olhando para baixo.
— O padre Estevan iria ficar nervoso com isso.
— O padre é um romano, pelo que ouvi.
— O padre é um homem de convicções fortes.
— Antônio, o padre é um homem violento. Tenho escutado coisas a respeito dele. Ele já agrediu paroquianos no passado, não é mesmo?
— Juiz, ele é um homem de temperamento. Ele leva a sério a missão de nos salvar. É só isso.
— É isso que São João faz com todo mundo? Todos têm que ser cúmplices para viver aqui?

Então era isso. O Juiz não estava feliz com algumas coisas que via. Talvez a vinda dele ao sítio não tivesse apenas o interesse na natureza de São João como motivo. Eu não sabia ao certo como continuar a conversa.
— Antônio, eu não vim para ser um elemento de decoração, sabia?
— Juiz?
— Você ouviu o que eu disse.

— Juiz, o senhor pode estar fazendo um mau julgamento das pessoas daqui.
— Meu Deus, Antônio, e para o que servem os juízes?

Eu não sabia o que dizer.
— Juiz, eu vivo aqui há mais de dez anos. Não vi nada que não tivesse visto antes, e em outros lugares. Não há nada de diferente. É só uma cidade pequena. Talvez o senhor não conheça bem as cidades pequenas, mas elas são assim. As pessoas se importam umas com as outras. Isso às vezes é bom, às vezes não tanto. Eu acho que, no todo, prefiro viver em um lugar onde se importem comigo. O senhor fala de cumplicidade. Nós somos vizinhos, parentes, amigos. Se alguém fica doente, alguém cuida, o quanto for preciso. Se alguém está com problemas com o banco, com a safra, ninguém escreve para jornais pedindo providências. Simplesmente alguém arranca um fio de bigode e a dívida tem fiador. Nenhuma velhinha morre de fome.
— Um pequeno pedaço de céu.
— Não existe isso, Juiz.
— Desculpe, Antônio. Eu acho que o ar da serra está me afetando um pouco.
— Acho que o senhor devia passar uns tempos em Porto Alegre.
— Antônio, eu não desisto assim tão facilmente.
— Eu tenho certeza que não, Juiz.

Terminamos o trabalho em silêncio, e voltamos à casa para um café. Em pouco tempo, era hora de voltarmos a São João. Mariana já arrumava nossas coisas na picape.

Quando já estávamos entrando no carro, o Juiz disse que tinha encontrado algo no mato, que não sabia ao certo o que poderia ser, e tirou do bolso uma bolota de cor amarronzada, que mostrou entre dois dedos, orgulhoso da descoberta de algo que não parecia ser vegetal, animal ou mineral.

Eu fiquei envergonhado demais para olhar, mas Mariana foi menos diplomática e explodiu em riso:

— Isso aí é cocô de veado, seu Juiz.

O Juiz olhou firme na direção do mato, tentando não demonstrar o desapontamento; Mariana, feliz, riu durante todo o caminho de volta. Na chegada, tinha perdido a inibição até o ponto de colocar a mão sobre o ombro do Juiz, pela primeira vez consciente da diferença de idade entre eles.

— Juiz, o senhor pode entender tudo de lei, mas não sabe nada de campo.

Mariana se aproximou, falando como se fala a uma criança.

— O senhor pode vir sempre com a gente.

— Antônio.
— Juiz?
— Gostaria de agradecer a hospitalidade.
— Não foi nada. E o senhor trabalhou duro.
— Poderia jantar amanhã comigo? Eu gostaria de conversar mais sobre o assunto de hoje.
— Amanhã? Claro, com prazer.
— Até amanhã. E obrigado.

Ele foi embora, com a sacola quase vazia às costas, mostrando as poucas coisas que tinha achado importante trazer.

À noite, Mariana insistiu para que fôssemos até o vizinho duas casas adiante, proprietário de um dos já cinco aparelhos de televisão que a cidade possuía na época, e juntos assistimos a um drama dos que começavam a ocupar as telas da tevê daquele tempo. Penso em como fomos invadidos pela televisão de uma forma tão suave e rápida que nem ao menos conseguimos perceber ou resistir, com exceção do Dr. Linhares e alguns poucos entre os mais velhos. Logo, todos os habitantes da cidade com saldo no banco compravam a sua, e em um ou dois anos, quando Alberto Limonta vivesse a sua tragédia na tela, São João inteira, ou quase, choraria por ele.

Há cem anos, o Rio Grande do Sul enlouqueceu, dizem. De 1893 a 1895, os gaúchos não fizeram outra coisa que não se destruírem, numa intensidade que dificilmente se explica ou entende. O que se sabe, de forma não muito confiável, é que, quando assinaram a paz, ou, ao menos, concordaram em parar o morticínio, havia dez mil gaúchos a menos, e um mandante, Júlio de Castilhos, com poder absoluto, ou quase, sobre tudo o que se passaria aqui nos próximos anos.

Quando falam em dez mil mortos, estão falando no que seriam hoje trezentos mil, levando em conta a população da época. Uma quantidade tão assombrosa que parece impossível, pensando-se que era uma época desprovida de todos os instrumentos que hoje tornam mais eficaz o trabalho de eliminar pessoas em massa. Nossos antepassados não podiam contar com mais do que armas de fogo antiquadas, dos tempos do Paraguai, e armas brancas, lanças, espadas, facas, todas elas remetendo para soluções individuais e os métodos usados desde sempre por babilônios, romanos, árabes, cruzados, bandeirantes, espanhóis e portugueses; na pré-modernidade da destruição.

Matar homens de um em um deve ter sido trabalhoso, o olhar da vítima uma lembrança a carregar para todo o sempre, mas aos antepassados dos meus conterrâneos a proximidade com o morto nunca foi, ao menos pelo que parece, fonte de culpa ou insônia.

— O homem olhava o vivente de frente e fazia ele defunto — dizem os mais velhos, saudosos.

Quase todos os moradores de São João têm suas histórias de então, de parentes que lutaram em alguma das colunas, que estiveram guerreando junto a algum caudilho nas serras, no pampa, ou emigrados no Uruguai, fugindo da vingança dos republicanos depois da vitória, caso de um tio-avô de Mariana, ao que contam.

— Quando inventaram o pescoço, inventaram a degola.

O Dr. Linhares era bastante incisivo nestas horas, quando alguém escolhia como assunto o tema delicado da revolução de 93. Nenhum gaúcho se sente à vontade com o que eles fizeram uns aos outros nos anos da guerra civil mais sangrenta que este país já viu; isto eu descobri nos anos vividos aqui. Os gaúchos, tão orgulhosos do seu estado e das suas tradições, se mostram esquivos quando o assunto é a tal revolução. Gente demais morreu, e gente demais foi morta de forma indecente. O Dr. Linhares não perdoa ao Dantas o tom que ele assume quando fala de degola, de tanta gente morta e tanto campo roubado, tanta atrocidade. Dantas não sente vergonha de nada, em especial depois de algum tempo no Clube Comercial, embalado pelo conhaque ou uísque, ou grappa, quando o estoque de bebida mais fina chega ao fim e ela se transforma no último recurso.

— Confundiam gente com animal — insiste Dantas, com o olhar carregado de vapores. — Aliás, como o nosso nobre centauro continua fazendo de vez em quando. Confundindo vaca com gente. Porquinha com gente. Ovelhinha com gente. Com instintos menos sangrentos, isso se há de reconhecer.

— Confundiam maragato com animal, seu Dantas. Maragato.

Hoje, quando leio sobre a Bósnia-Herzegóvina, quando vejo os comentários escandalizados de jornalistas do Rio ou São Paulo, penso que eles deveriam pensar um pouco no que fizemos nós mesmos em outros tempos. Canudos. Paraguai. Rio Negro, Bagé, trezentos homens degolados, ou não passaram de trinta, como dizem. Outros tempos, claro, mudamos muito todos nós. Não para Dantas, que não perde qualquer chance de lembrar.

— Muito machos com uma faca na mão e um coitado preso e amarrado pela frente.

— Prisioneiro numa guerra feia. Alguma coisa tinham feito, seu Dantas.

Este era o Dr. Linhares em um dia de disposição para o debate. Mais comum era ir embora do clube, ir para casa, se fechar na cozinha, pedir mate e água quente.

*

— Guerra feia mesmo. Muito macho guerreando para tudo quanto era lado. Os centauros do pampa, não é mesmo, Doutor Linhares. Apanhando de baiano a pé em 94.
— Nunca, seu Dantas. Isso é mentira de maragato.

Dantas deixa isto sem resposta, a vingança é um prato agradável demais para ser consumido de uma vez. Dantas tinha encontrado um ponto sensível na couraça do Dr. Linhares, e isto bastava, para ele. Mas historiadores garantem. Infantaria baiana contra um piquete de cavalaria gaúcha, em Bagé, com vitória para o quadrado dos baianos. Desagradável, portanto banido de qualquer relato. Terra dura, esta aqui. Talvez isso tenham vingado os gaúchos em Canudos. Me pergunto se eles exportaram a tecnologia para as degolas, ou se os baianos já tinham desenvolvido por eles mesmos o que tínhamos aprendido com os castelhanos e praticado por conta e prazer próprios. As mulheres sobreviventes de Canudos foram levadas para o Rio de Janeiro, e a palavra favela é uma contribuição delas para com o imaginário do país. Os gaúchos foram até a Bahia matar jagunços, e, ao que parece, não deixaram qualquer palavra como herança, a verbosidade nunca tendo sido uma virtude do povo daqui.

Dantas abusava da condição de filho da terra, era claro. Dantas gostava de se colocar no personagem do gaúcho civilizado, cosmopolita, e esse repudiar do passado pela ironia era a sua ferramenta. Não só. Dantas tinha sido preterido mais de uma vez em posições no governo em Porto Alegre, por veto do Dr. Linhares, como bem o sabia. Em outros tempos, Dantas teria se convertido em federalista apenas para poder usar sua retórica em artigos contundentes contra Júlio de Castilhos. O Dr. Linhares seria o alvo, claro, e muito provavelmente Dantas teria um fim trágico, muito provavelmente pela mão de um Anselmo, que o mandante raramente se encarregava pessoalmente dos detalhes de enviar o destinado ao seu destino.

Quem sentia falta dos velhos tempos era o Dr. Linhares, que não cansava de dizer o quanto. "Tempo de machos de verdade", dizia, com a tristeza de não ter vivido 1893, apesar de ter tido a sua chance em 23.

— Não foi a mesma coisa — dizia o Dr. Linhares, e devia estar certo. Ele lutou em 23, e o pai dele esteve em ambas as guerras, lutando por Júlio de Castilhos e Borges de Medeiros, na última com a tropa de Vazulmiro Dutra, chefe da região da Serra desde Palmeira das Missões até Vacaria e Bom Jesus, ídolo do Dr. Linhares para todo o sempre. Vazulmiro tinha enfrentado até mesmo o Dr. Borges. "O senhor precisa saber que fiquei muito incomodado com estas últimas mortes", disse, ou acredita-se que disse o velho Borges a Vazulmiro, reclamando de excessos do caudilho. "E das primeiras, o que o senhor achou?", respondeu Vazulmiro, o que marcou o começo do fim da proximidade entre os dois homens.

O Dr. Linhares gostava de contar esta e outras histórias de Vazulmiro, e dizia que quem sabia das melhores era Anselmo, o capataz dos Linhares, que perguntasse a ele quem quisesse saber das verdades daquele tempo.

Anselmo tinha estado com os Linhares em 23, e a sua fama vinha de então. Falavam de degolas, que ele negava com um sorriso, e mortes em luta no campo, que ele não confirmava, dando apenas um olhar a quem falava para que este ficasse em silêncio amedrontado. Aconteceu comigo, e ele era mesmo um homem assustador.

A lenda diz que o pai do Dr. Linhares, Bento Linhares, foi para a luta com o primeiro filho, Odílio, por nascer, uma questão de poucos dias que o pai preferiu não esperar. "Se nenhum de nós dois morrer logo, ainda acabamos nos conhecendo" — teria dito o pai antes de ir para a guerra, num daqueles diálogos pertencentes ao vasto período de tempo desde a invenção da fala até a invenção dos gravadores, um tempo de diálogos famosos e de comprovação impossível. A lenda ia mais além, porque o pai do Dr. Linhares viveu para conhecer Odílio e ter Temístocles. O Dr. Linhares conheceu o pai já privado de uma das mãos, que perdeu em uma batalha perto de Bagé. A lenda se passava um pouco após a perda da mão, com o coronel Bento se refazendo do ferimento deitado em uma tenda, e um maragato precursor dos ataques suicidas rompendo as defesas até chegar a ele. Antes de ser morto, o maragato achou tempo para cravar a faca no coronel Linhares, que esboçou o único gesto de defesa possível, levando a mão restante ao peito, na direção da faca que já vinha, e que terminou por se fixar inofensiva no esterno do pai do Dr. Linhares. O golpe teve o impacto diminuído por ter atravessado a mão do coronel, mas deixou a faca suficientemente presa ao osso do peito para não conseguirem tirar apenas puxando, por ela estar muito presa ao osso, ou por medo de apenas acelerarem a morte do coronel Bento, pela sangueira toda que provocavam puxando a faca.

A lenda inclui a chegada do médico esbaforido, para encontrar o coronel Bento Linhares sentado, com um ajudante segurando o palheiro que ele fumava sem parar enquanto estivesse acordado, com a única mão presa ao peito e a faca mantendo tudo no lugar, e dizendo ao médico:

— Doutor, o senhor me solte logo esta mão, que eu estou me cagando de tanta dor e não sou homem de deixar que outro macho me limpe a bunda.

Contavam esta história todos os moradores daqui para passantes admirados, contava Mariana também, para mim, que nunca soube ao certo o que achar, e o velho já era morto muito antes de eu ter me estabelecido na cidade, que descanse onde quer que descansem os Linhares depois deste mundo.

Vazulmiro e o coronel Bento, não sei em que ordem, eram os símbolos escolhidos pelo Dr. Linhares para orientar a sua vida. 1893 foi o tempo para gente como eles. Alguns terminaram mortos, até mesmo com a vergonha da degola, uma das poucas instituições que aqui vigoraram de forma democrática, dizem. Outros terminaram mais donos de terra do que antes, e o pai do Dr. Linhares estava entre eles, tendo escolhido o lado republicano de Júlio de Castilhos. Os motivos devem ter se perdido com o tempo, mas duvido que o fosse o positivismo de Castilhos, já um tanto descolorido quando governava Borges de Medeiros, um ideário que o pai do Dr. Linhares certamente não teria aprovado, caso o tivesse compreendido.

Na verdade, os gaúchos iam para a guerra que criaram por motivos vários, dependendo da classe a que pertencessem. Os homens como o pai do Dr. Linhares o fizeram pelos motivos mais razoáveis, acho. Sabiam, ou intuíam, que os tempos mudavam, e que não haveria mais poder ou terra tão sem fim que bastasse para todos. Com o fim do Império e o começo das cercas, alguém iria ficar do lado de dentro, alguém do lado de fora. Lutava-se por uma cerca, para estar do lado certo delas, quando se erigissem e se confirmassem como a nova forma de posse, essa parece ser a verdade.

Como, ao longo dos tempos, em muitos países, lutou-se pelos mesmos motivos, não parece haver nada de errado com os gaúchos em particular. Onde eles se excederam, e o que leio, quando leio a respeito, me impressiona, foi na violência, no entusiasmo com que adotaram a prática castelhana de cortar pescoços de inimigos indefesos, com a desculpa econômica de poupar balas e pólvora, uma desculpa tão frágil que quase não encontro mais ninguém disposto a insistir nela. Guerra móvel, sem a possibilidade de se fazerem prisioneiros, tentam outros, agora historiadores, na tentativa de tornar a barbárie racional, portanto aceitável.

Não sei, escuto as histórias e penso em Anselmo, que morreu mal, em 68, ou 69. Algo foi lentamente deixando de funcionar no coração dele, e no final Anselmo não era mais do que uma imagem desgastada do homem assustador que sempre tinha sido. Acredito que muitos moradores se regozijaram por uma morte tão ruim para Anselmo, embora não falassem abertamente por respeito ou medo ao morto.

É preciso ver como eu vejo os crimes que se cometem na cidade ou no interior, nosso interior tão pobre quanto rude, onde os homens ainda consideram uma mulher, uma cachaça, uma ofensa política, ou o que quer que seja, motivo suficiente para se trucidarem de forma horrível, pela faca, poucos têm revólver ainda hoje.

Gosto de pensar que a civilização é um verniz espesso e que remove, ou oculta, a memória atávica da nossa violência, mas isto é apenas o otimismo da vontade. A violência nunca se esvai, ela apenas depende de circunstâncias favoráveis, como os gametas, para germinar. O solo daqui é pouco fértil para coisas como plantas mais delicadas. Um biólogo alemão, que encontrei em um dos cânions próximos, disse que em apenas dois dias tinha encontrado dezessete diferentes tipos de cactos nas encostas. Ganhei dele um exemplar, que tenho em um vaso na sala. As pessoas daqui olham com espanto, pois pensam que, se plantas são mesmo necessárias, por que não uma samambaia, uma orquídea, das que crescem tão generosas aqui na serra?

O meu cacto me serve bem; ele floresce em algum mês do ano que sempre esqueço qual seja, jamais solicita qualquer tipo de cuidado, e impede remorsos, eles mesmos, que assombram, sempre assombram, menos intensos do que há cem anos, e os pesos são outros, é claro, mas assombram. Como poderia ser diferente?

Juliana acertava o relógio na sala com o cuidado de girar os ponteiros apenas no sentido horário. Juliana tinha esta crença, comum a todos em São João, e transmitida pelos pais e avós, de que ponteiros jamais deveriam ser girados no sentido anti-horário, movimento antinatural e perigoso, capaz de provocar algum tipo de dano irreversível e misterioso ao relógio suíço, incompreensível, como quase todos os mecanismos em uma cidade tão pouco mecânica que mesmo a fonte na praça necessitava de manutenção vinda de Caxias.

As pessoas de São João recebiam ao nascer um conjunto de crenças hereditárias, capitanias estas sim divididas igualmente entre todos, pobres, remediados e ricos. Quase nada em que se acreditava era produto de experiências de primeira mão e muito pouco tinha sido adicionado ao longo dos anos — a desconfiança do novo se encarregando de manter idéias e práticas dentro do aceito pela tradição. Leis mais antigas do que a lembrança dos mais velhos determinavam o pensamento e a forma de se comportar aceitável para as pessoas que pretendiam conviver com São João. A ordem era mantida sem questões, mesmo porque ela não tolerava questões, e assim, todo são-joanense podia se considerar um privilegiado possuidor de um código que transformava o mundo na coisa mais próxima de uma ciência exata. O código era amplo o bastante para abranger as operações humanas como um todo, e o comportamento de homens em relação a mulheres e de mulheres em relação a homens em particular. Ao contrário da teoria sobre como movimentar ponteiros de relógios — que jamais considerou questionar —, Juliana estava naquele instante seriamente engajada em refazer outras das normas de São João, no capítulo, parágrafo ou ordenança que lidava com comportamento em bailes.

Juliana tinha planos que repassava de cabeça, ao mesmo tempo que fazia os ponteiros girarem até oito e meia. O vestido que tinha encomendado em Porto Alegre estava sendo passado pela mãe, um pouco escandalizada pelos ombros nus. Não fazia frio demais para o vestido e tudo ia bem. O único problema eram os cravos vermelhos sobre a mesa, com o cartão de Ronaldo, dizendo que ela certamente seria a mais bela entre as flores nesta noite.

Não, Ronaldo não seria um problema.

Dois dias antes, Juliana havia saído para um passeio a cavalo, aproveitando o sol, quente para novembro, e ela cortou pelo campo que rodeava o lago até uma área aberta onde pudesse soltar o baio para um galope mais solto, como gostava. Juliana decidiu seguir para os lados da fazenda do pai, a mais próxima da cidade. Quando se preparava para deixar a estrada, viu adiante a esteira de pó de um automóvel que parecia familiar.

O automóvel podia ser o do juiz de Campos, mas também podia não ser, pensou Juliana, com uma esperança surgindo. O juiz de Campos nunca iria deixar a estrada como aquele carro fazia, pensou ela, apressando o passo do baio, enquanto cuidava em não perder de vista o automóvel.

O carro preto parou perto de um bosque, e um vulto saiu, seguindo para o lado da cachoeira. Juliana deixou o baio andar até as primeiras árvores do bosque junto ao lago formado pela queda-d'água, de onde era possível ver a cachoeira sem ser vista, e assim teve a chance de ver o Juiz, a pele mais branca do que seria de imaginar, com um calção que lhe caía de um jeito engraçado, tremendo com o frio, tomando coragem para o mergulho na água gelada.

Ela montou de novo no baio e se aproximou num passo rápido, parando junto à margem com o ar surpreso de quem nunca imaginaria encontrar alguém ali, naquela hora da manhã.

O Juiz fez um gesto de quem deseja se cobrir, viu quem era e desistiu do gesto.

— Excelência, que surpresa! — riu Juliana, de cima do cavalo.

— Surpresa? As pessoas de São João não tomam banho?

— Tomam. A surpresa foi o senhor nesses trajes.

— Eu raramente nado de toga.
— O senhor também não vai a bailes de toga?
— Ninguém me avisou que o baile era a fantasia.
— Quando o senhor olhar a roupa de algumas pessoas, vai achar que é um baile a fantasia.
— Quem falou que eu vou ao baile?
— Todos sabem que o senhor vai. Muitas das moças de São João aguardam ansiosas pelo momento de serem convidadas pelo senhor para uma valsa. Espero que o senhor saiba dançar valsa. Sabe?
— Eu piso nos pés de quem dançar comigo. Assim desistem logo e eu fico em paz.
— É isso o que senhor quer, Juiz? Paz?
— Um banho em paz era um bom começo.
— Me desculpe então. Estou sendo inconveniente.
— Acho que sou eu o inconveniente aqui. Nós estamos em território da sua família, não é mesmo?
— Isso mesmo. E o senhor então é um invasor? Espero que o senhor tenha um mandado. Ou, se não, que esteja disposto a pagar a penalidade correspondente.
— Penalidade?
— Jantar e pelo menos uma dança durante o baile. O que o senhor acha?
— Eu já combinei jantar com o Antônio e a esposa. Mas a dança seria um prazer. Não para os seus pés, no entanto.
— O jantar fica para outro dia, na minha casa. O meu pai gostaria muito que o senhor nos visitasse.

— Outro dia então. Agora, se não se importa, estou congelando.

— Isso é visível, Juiz. Até depois, então.

Juliana virou o baio e saiu rápido, subindo o barranco junto ao rio com força, como apenas alguém que monta muito bem consegue. Ela estava muito satisfeita com o rumo das coisas, com muitas idéias novas tomando conta. O estado de espírito mudou quando ela chegou em casa e encontrou Ronaldo à espera, um buquê na mão, bastante corado pelo café de Dona Ana e pela emoção do convite.

Precisou ser gentil e agradecer as flores, ser diplomática e não prometer nada para o baile ou para o futuro, apesar de ele ter sido insistente. Juliana fez umas promessas que achou vagas o bastante para não significarem coisa alguma e entrou em casa, correndo escada acima, gritando com a mãe pelo vestido, que desejava provar. Dona Ana achou estranho todo o interesse por um baile em que normalmente Juliana vestiria o que lhe colocassem pela frente, mas preferiu não saber mais sobre o que ia pela cabeça da filha.

O baile da escolha da rainha da cidade era uma das datas maiores de São João. Uma noite em que o Dr. Linhares substituía a dificuldade usual com generosidades financeiras e patrocinava a decoração do salão do clube e ainda a contratação do conjunto musical. Neste ano teríamos O Quinteto Leonardi, vindo diretamente de Caxias para abrilhantar a noite das estrelas-meninas de São

João, como tinha anunciado Ronaldo Vieira. A Câmara do Comércio presenteava a vencedora com uma viagem a Porto Alegre, para um curso de etiqueta e uma fotografia no Correio do Povo. Naqueles anos, em que concursos de Miss faziam e desfaziam vidas, as polegadas a mais de Marta Rocha eram uma espinha entalada na garganta de todos, uma inconformidade removida somente quando Ieda Maria Vargas, uma gaúcha, viesse a ser Miss do universo inteiro, desde Miami até o Chuí.

São João, que jamais permitiria uma filha da terra vestindo um maiô em passarelas, oferecia como compensação um reinado às meninas mais afoitas, que de outra forma poderiam ficar fora de controle.

— Esta noite, uma nova rainha está nascendo — dizia Ronaldo, enquanto no palco os Leonardis faziam algo indescritível com "Moonlight Serenade".

Mariana, ao meu lado, comentava sobre as meninas, sobre os vestidos, o jeito de uma, o rosto de outra. Gostava de todas a minha Mariana, incapaz de rancores, ou mesmo da inveja natural por outros terem meninas para brilhar no baile, e meninos para dançar com elas. A alma de Mariana, eu pensava, era um cristal de rocha — como os que afloram à terra por aqui, onde cada veio, cada falha, tudo está à mostra, não menos visíveis no interior do que na superfície. A saudade é um sentimento terrível, penso.

Minha alma estava pesada naquela noite. O jantar na casa do Juiz, dias antes, era responsável pelo peso. Ele tinha encomendado um jantar e vinho, tinha uma vitrola e discos eruditos e jazz, ouvimos Nat King Cole e comemos queijos, escutamos Glenn Miller, e o Juiz serviu um ótimo patê. Em uma pausa, enquanto o prato principal aquecia, ele me levou à biblioteca, onde estava tirando livros de caixas enormes, para colocá-los nas estantes novas que tinha mandado fazer.

— Antônio, um homem sem os seus livros não vale nada. A não ser que tenha um milhão de dólares em um banco.

— O senhor tem um milhão de dólares, Juiz?

— Não. Na verdade eu não tenho nada. O que tinha usei para dar entrada em um apartamento em Porto Alegre. Vou passar os próximos vinte e cinco anos pagando, mas isso ao menos me dá algo com que me preocupar nos próximos vinte e cinco anos.

— São muitos livros, Juiz. O senhor já leu todos?

— Livros servem para ressaltar a nossa ignorância, Antônio. Metade destes livros é do meu pai. Muitos eu nunca li, e provavelmente nunca vou ler.

— Por que não?

— Meu pai é um pensador católico. Uma incongruência. Me dar os livros foi a ironia final.

— O senhor não é católico?

— Não, além da comunhão e crisma. Os tempos não servem para isso.

Eu fiquei em silêncio. Tinha visto uma edição em couro de obras de Karl Marx. E havia mais, Engels e Hegel, uma edição espanhola de Lênin. Uma edição cubana sobre o Che. Meu Deus, pensei, ele está louco.

— Calma, Antônio. O país é uma democracia, ou não?
— Mas Juiz, isso é tudo comunista.
— Jesus Cristo também era. Pode passar o vinho?
— Juiz, isso pode ser um problema. O padre Estevan já anda falando coisas.
— O padre Estevan fala demais. Aliás, ele age demais. Eu quero que o senhor diga a ele que eu gostaria que falasse comigo. Acho que podemos ter problemas, se ele não moderar um pouco os seus métodos de catequese. Ele pode estar mal informado, mas já se vão meses desde que a Idade Média acabou.
— Juiz, o senhor realmente lê esses livros?
— Bom, estes não são os que herdei do meu pai. Este é o século 20, Antônio. E ele começa em 1917. Não é possível ignorar isto. Talvez em São João tenha sido possível até agora. Mas não vai ser mais. Não por muito tempo.
— Juiz, muita gente acha que o comunismo não combina com a alma brasileira.
— Muito bem, Antônio. Mais uma frase feita dessas, e toda a verdade se revela diante dos nossos olhos. Nunca pensei que fôssemos tão místicos.

O sarcasmo do Juiz me fez recuar um pouco. Ele viu e fez um gesto de paz.

— O país está mudando, Antônio. Há possibilidades novas no ar. Não sei o que vai acontecer, mas alguma coisa tem que ser tentada. Não dá mais pra conviver com tanta miséria. E leis que são escritas por quem sabe escrever, pra servirem aos que podem pagar e caírem com todo o peso nos que não sabem nem ao menos ler o que elas querem dizer. Como podemos nos sentir?

— O senhor acha que essas idéias vão fazer as pessoas mais felizes?

— Mais felizes, não sei. Menos pobres, talvez.

— Juiz, sempre houve pobreza. Este país sempre foi pobre. Mas começar agora a querer destruir tudo?

— Por enquanto, podíamos destruir o assado. O que me diz?

O Juiz tinha se recusado a falar mais no assunto, mas o jantar teve um final difícil. Eu não conseguia mais conversar com calma, e não sabia o que pensar. Um Juiz não devia acreditar nessas coisas, isso era o que eu mais pensava.

E ele me enviou ao padre no dia seguinte, e o padre riu para mim, dizendo que não era um juizinho, palavras dele, juizinho, quem iria dizer a ele como tratar o seu rebanho.

— Há rebanhos que precisam do relho do Senhor! — Era uma das frases preferidas do padre, generoso na distribuição do chicote divino.

Era a isto que o Juiz se referia. Algumas das vítimas mais recentes do padre deviam ter vencido o temor do inferno e feito algum tipo de queixa. O Juiz ainda estava tentando resolver as coisas de forma amigável, mas o padre não era homem de concessões.

— Se ele quer falar comigo, que venha à missa, em vez de ficar em casa no domingo, como um herege.

— Talvez ele seja protestante — lembrei.

— Dá no mesmo. Herege. Dê o recado. Sabem onde me encontrar.

Eu tinha deixado a frase sem resposta, e esperava que o Juiz tivesse esquecido a questão, enquanto torcia para que não tivesse esquecido o baile. Já eram quase dez horas e nada dele. As pessoas olhavam para a nossa mesa, inquisitivas, e não sabíamos o que dizer.

O alívio foi ver o Juiz se desviando dos pares dançando e nos procurando com os olhos.

— Achei que o senhor não vinha mais — disse Mariana, sempre a direta.

— Problemas com a gravata. Como estão?
— Bem. O senhor gostaria de beber algo?
— Não ainda. Jantar primeiro.

Jantamos, com o Juiz no melhor dos espíritos. Nossa mesa era um ponto de convergência dos olhares do baile. Muitas mães no salão, muitas meninas esperando por um convite. Eu ficava cada vez mais nervoso, me perguntando por que eu, por que ninguém mais parecia se importar com nada. Mariana era a vítima mais recente do encanto que o Juiz parecia guardar para as ocasiões importantes. Olhava embevecida para ele, e conversavam os dois, sem que eu imaginasse o assunto possível.

Juliana Linhares dançava com Ronaldo, ela não muito atenta, ele em êxtase, era visível. Como também era visível o olhar dela na mesma direção dos outros. Eu queria estar longe dali, e nem ao menos gostava de bailes.

— Juiz — falei. — O senhor precisa dançar.
— Eu preciso o quê?

— Dançar. Vai ser uma afronta para as moças de São João se o senhor não der atenção a elas.

— Antônio, longe de mim qualquer intenção de negligenciar as moças de São João — disse o Juiz, rindo da minha preocupação. — Dona Mariana, me concede a honra desta dança?

Mariana olhou para mim, sem saber o que fazer. Fiz sinal a ela para ir dançar, por que não? Mais ou menos impopulares, qual a diferença? Pedi um uísque, bebida forte demais para mim, e fiquei ali na mesa, pensando em muitas coisas desagradáveis, enquanto via Mariana e o Juiz dançando, ela rindo como uma colegial.

— Dona Mariana, eu preciso mesmo de umas aulas de campo. A senhora imagine, eu sempre pensei que galinhas fossem verdes e rastejassem.

— Juiz!

— E achava que leite era água com talco. E que milho nascesse debulhado.

Os dois riam. O Juiz não entende mesmo isto aqui, pensei eu, me perguntando por que afinal eu deveria me preocupar? Ele não era meu filho, era meu chefe. Por que deveria me preocupar com ele, ou com o que fosse?

O uísque começava a queimar por dentro, com um canto de olho vi Dantas, que já parecia alegre, certamente mais afeito ao uísque do que eu. Com o outro canto de olho, percebi o Juiz e Mariana, que retornavam à mesa. E o uísque devia ter me proporcionado visões múltiplas, porque com algum outro canto de olho vi Juliana se aproximando da nossa mesa, sem Ronaldo.

— Por favor, não se levantem — disse ela. — Eu apenas vim cobrar do Juiz uma dívida antiga.
— Dívida? — perguntei.
— O Juiz arrendou várias horas de uso da nossa cachoeira. E ainda não pagou por elas. O acordado era uma dança, lembra Juiz?
— Era mesmo?
— Excelência, o senhor é um mau pagador?

O Juiz não respondeu, simplesmente acompanhou Juliana até o meio do salão, enquanto os Leonardis iniciavam a sua versão de "Misty". A nossa big band estava inspirada hoje, a noite também, eu me despreocupava na velocidade do derretimento do gelo em meu copo, mas os olhares não mudavam de tom.

Nunca antes, na história de São João, algo igual tinha sido visto. Uma moça se atrever a tirar um cavalheiro para dançar, na frente de todos, isto era impensável. E, para choque maior, glória de Juliana e desespero de Ronaldo, tinha acontecido ali e naquele momento, o baile pela metade, o salão cheio, a maioria dos rostos mais próximos do que sugeria o decoro, as conversas aumentando de voltagem, a felicidade de Juliana quase completa.

Mariana mostrava sono e eu decidi não assistir a mais nada. O Juiz já tinha escolhido o seu destino de hoje, e não parecia precisar dos meus cuidados. Dei boas-noites às pessoas mais próximas, procurei o Juiz pelo salão para acenar ao menos, mas ele estava longe demais, e não iria se importar com a minha saída. O mais eu saberia na manhã seguinte, junto com a dor de cabeça que aquele uísque certamente iria provocar.

Juliana sentia que nada tinha sido em vão. Ela não conhecia a fala que assegurava que a sorte sorri aos audaciosos, mas conhecia os resultados práticos. O Juiz estava dançando com ela havia várias músicas, e não parecia fazer qualquer questão de encerrar a dança, já bem além das três músicas que o decoro pedia que dançassem rapaz e moça não comprometidos.
— Juiz, seria melhor pararmos um pouco.
— Por quê? Achei que gostasse de dançar.
— Porque todos estão nos olhando.
— Achei que isso agradasse também.

Juliana não respondeu, simplesmente caminhou até a mesa da família, o Juiz seguindo. O Dr. Linhares e Dona Ana já estavam de saída.
— Juiz — disse o Dr. Linhares. — Não sabia que o senhor era homem de bailes. O que se fala na cidade é que o senhor não gosta de vida social.
— Eu sou muito ocupado. E gosto de estudar à noite.
— Nós precisamos conversar qualquer hora dessas.
— Ótimo. Eu sou um homem de conversa.
— Me disseram na Capital que o senhor podia ser um pouco intransigente. Rígidos princípios. Isto pode ser uma qualidade, mas também pode ser um problema.
— Eu posso ser rígido. Mas isto costuma ser um problema para os outros.

— Ele é um juiz muito sério, mas hoje eu estou no controle. Dívidas são dívidas — disse Juliana para o pai, rindo.

O Dr. Linhares deu um olhar curioso para a filha, um boa-noite ao Juiz e saiu, levando pelo braço Dona Ana.

— Quem está me controlando?
— Juiz, é de bom tom dar a uma moça este tipo de ilusão. É um sacrifício tão grande?
— Acho que o seu noivo não está muito satisfeito.
— Ele não é meu noivo.
— Alguém já tentou explicar a ele?
— Ronaldo é bem crescido. Faz o que quer. Eu sou crescida e faço o que quero.
— Em São João?
— Nenhum problema. Só é preciso um pouco de coragem. O senhor tem coragem, Juiz?
— Eu andei a cavalo, não andei?
— É mesmo. Andou. O senhor também não quis mais andar.
— Acho que eu não preciso de tantas emoções.

Juliana ficou em silêncio, olhando em volta, como se o salão, as pessoas lá dentro, os Leonardis, todos não passassem de um ruído ao fundo.

O Juiz ao lado ficava reforçando esta sensação, o perfume da loção de barba dele, tão diferente do cheiro do pai. São João, alguém já tinha falado, São João era apenas o começo do mundo.

— Vamos sair um pouco, Juiz? O ar aqui está pesado. Fiquei com um pouco de dor de cabeça.

No clube, os Leonardis entravam em uma fase ousada, achando que o controle das mães já tinha relaxado o bastante para permitir aos casais uns momentos de rostos colados, ou quase. A noite do baile costumava ser generosa em resultados, na forma de pedidos de noivado que raramente eram recusados ou deixavam de virar casamentos, dentro do jeito previsível de ser da cidade. Alguns iriam ouvir nãos reais ou imaginários, iriam beber demais e sair da festa dispostos a esquecer, talvez numa briga no CTG, com gente extraviada de Campos, se tivessem sorte.

Fazia frio agora, o vestido e o xale de Juliana não eram mais suficientes. O Juiz viu um tremor e estendeu o casaco sobre os ombros dela. Os dois caminhavam pela rua principal, escura e silenciosa.

— Juiz, o senhor tem alguma noiva, alguém?

— Esse tipo de pergunta eu só costumo responder com o meu advogado junto.

— Não existe ninguém?

— Não.

— Existiu?

— Sim.

— O senhor gostaria de falar sobre ela?

— Não.

Ela ficou em silêncio, um pouco perturbada com a conversa. Juliana nunca tinha falado assim com um homem.

Tinha sempre se limitado ao necessário, agradecido os presentes, flertado um pouco aqui, um pouco mais em São Paulo, ou Rio, para preocupação da tia que acompanhava.

— Juiz, o senhor nunca vai entender isto aqui, sabia?
— Não.
— O senhor morou sempre em Porto Alegre?
— Menos o tempo que minha família morou fora do Brasil, sim.
— As pessoas daqui, Juiz, elas não estão prontas para o senhor. Elas não querem nada de lei, de justiça, nada que venha de fora. Uns vinte anos atrás, quiseram estender a linha de trem de Taquara até aqui. Sabe o que disseram? Que levassem o trem pra onde quisessem. Que São João não precisava dessas coisas. A minha mãe nunca quis andar na escada rolante das Americanas. Meu pai foi conhecer elevador quando tinha mais de quarenta anos. A maior parte das pessoas nunca viu um avião, nunca pensou em ler, em sair daqui. As terras são as mesmas, as casas também. O que eles querem com um juiz? Só quiseram um porque Campos ganhou o deles. O senhor entende isso?

Eles tinham caminhado até a beira do lago. A noite era clara, e a superfície da água era perturbada por um vento fino. Juliana tremeu de leve, e o Juiz se aproximou dela, ajeitando o casaco sobre os seus ombros.

— Eu entendo que eu sou o juiz e que tenho a minha comarca para cuidar. A minha comarca é esta. Eu cuido dela. O que eles querem pensar ou não, não sei.

— Mas pra quê tudo isso? O senhor é moço, educado. Por que ficar aqui, neste lugar, quando o senhor podia estar em qualquer outro, com gente igual ao senhor, em vez de ficar aqui, com esse povo que mal sabe ler.

— A sua opinião não combina com o seu sobrenome. Os Linhares são importantes aqui. Isso não conta?

— O meu pai é importante aqui. Minha mãe não existe. Meu irmão está tentando achar um jeito de provar que não é um de nós.

— E Juliana?

— Eu?

— Sim. Mais uma Linhares. Grande proprietária de terras no futuro. Algo de errado nisso?

— Eu não penso no futuro. Eu penso no agora. Ninguém para conversar, ninguém para me entender.

— Existe o Ronaldo Vieira. Ele parece interessado em te compreender.

— Não é ele quem eu quero que me compreenda.

O Juiz olhou para a água por um tempo longo, parecendo incerto sobre o que fazer. Então se voltou para Juliana, olhando para ela, para as árvores por sobre ela. O Juiz parecia estar ali e não estar, como me falou Juliana muito tempo depois. Ele desceu a cabeça um pouco, ela ergueu o rosto. Ele fez um movimento, chegando mais perto. Juliana parou de tremer, com o frio ou o que fosse, olhou o Juiz, fez a volta e saiu dali num passo apressado, que o Juiz não tentou seguir nem interromper.

*

— Eu podia ter ido com ele naquela noite, podia ter ficado com ele, sem me importar com coisa nenhuma. Podia mesmo, e não fiz — me disse Juliana na varanda de minha casa, todos aqueles anos mais tarde. — Acho que podia ter sido mais corajosa. Acho que todos podíamos ter sido mais corajosos.

Escutei Juliana naquela noite, muitos anos depois do baile, e não disse nada, apenas deixei que ficássemos ali, na varanda. Me sentia muito só, sem Mariana, e era bom ter alguém por perto para conversar. Era curioso ter Juliana Linhares falando assim comigo, como a um cúmplice, nas emoções de tantos anos atrás.

— Eu podia ter ficado com ele naquela noite — falou Juliana, com um sorriso que eu mal entrevia, na noite escura. — Mas, Antônio, éramos tão jovens, todos. Eu achava que era um caminho sem volta, e tive medo. Eu não sabia que tudo tem volta. Que o que nunca se tem é uma segunda chance de fazer a mesma coisa. Tão tola!

Esta que falava já era a Juliana psicóloga, rica herdeira, mãe de dois meninos e mulher de um dentista quase tão rico quanto ela, e penso no quanto aprendemos todos com o tempo, e no pouco que isto nos ajuda nos instantes em que realmente precisamos saber o que fazer. Mas nada disse a Juliana naquela noite na varanda. Me sentia feliz por ela estar ali, na solidão quase insuportável em que Mariana havia me deixado. Simplesmente deixei que segurasse a minha mão por uns minutos e fosse embora logo depois, me assegurando que escreveria quando voltasse ao Rio, o que ela deve ter tentado — algo que a vida agitada da cidade grande deve ter transformado em mais uma daquelas intenções, as melhores, que infelizmente terminam sempre sendo deixadas para o dia seguinte, e para o outro, e assim por diante, até deixarem por completo de fazer qualquer sentido.

Todos gostamos de especular sobre o passado. Não é um passatempo muito útil, não se pode fazer nada para mudar o que já aconteceu, nada, e ainda assim nos quedamos todos, tempo e tempo, pensando e pensando, em subjuntivos — se eu tivesse feito isto; se eu não tivesse feito aquilo —, um tempo verbal inteiro e inútil, encarregado de formular possibilidades sobre o que não pode mais ser alterado.

Talvez porque isto expresse o nosso desejo intenso de modificar o que já ocorreu, sob a luz da experiência e do aprendido, talvez por isso passemos tanto tempo pensando em se Napoleão não tivesse invadido a Rússia no inverno, se Jango tivesse resistido, se aquele barco não estivesse tão cheio no réveillon do Rio de Janeiro, se eu tivesse ido, se não tivesse ficado. Frost, que cito mais uma vez por ser o meu poeta americano predileto, fala dos dois caminhos diante de nós, fala daquele que nunca tomaremos e que, portanto, permanecerá um mistério para sempre.

Penso nisso lembrando o dia em que Mariana entrou com um lenço sobre os olhos vermelhos de choro, para dizer que estávamos perdidos.

— Perdidos?

— Ele já tinha te contado, não tinha? E tu não falou nada.

Mariana falava como se a culpa fosse minha. Mas não havia o que eu pudesse fazer a respeito. O que se pode fazer quando a cabeça dos mais jovens é tão dura e decidida a se fazer seguir, e a dos mais velhos, que deveria mostrar maior juízo, não funciona melhor do que um relógio barato, mostrando tudo menos o que se deseja e precisa, tudo menos um mínimo de bom senso, de confiabilidade. O que mais se deveria esperar de um padre?

Agora era Josué que vinha até a minha casa. Josué não seria desestimulado pela minha falta de espanto, sentou no sofá com os cabelos soprados pelo vento lá fora e ficou passando a mão por eles, como se para tentar entender onde afinal nós estávamos.

Eu não queria falar com ninguém e só me restou pegar o chapéu, mais cansado daquilo tudo do que imaginava, pensando por que, por que afinal, por que eu e não qualquer outro, por que eu a ter que manter este lugar sob um mínimo de controle. Fui para o Fórum, para estar perto do telefone quando tudo começasse a vir abaixo, e tudo veio mesmo abaixo, como deveria.

A Primeira Guerra aconteceu porque o século 19 não agüentou a si mesmo e se autodestruiu. Todos vibraram, dizem, com o começo da guerra que iria acabar com todas as guerras.

— O Juiz colocou o padre na cadeia! — tinha gritado Josué no meu ouvido, enquanto caminhávamos pela rua principal. — O maluco do Juiz colocou o nosso padre na cadeia!

— Josué — eu disse —, Josué, ele não é maluco. As coisas não são assim tão simples.

Josué tentou replicar, não dei tempo, apenas segurei o chapéu mais firme, por causa do vento, e segui em frente. O mundo iria entrar em erupção por algum tempo, e nós, os sóbrios, como sempre, estaríamos tentando evitar o pior.

— Irmã Esther, ela mesma — tinham falado ao padre. — Aquela freira sem-vergonha.

Aquilo tinha sido doloroso aos ouvidos do padre Estevan. Freira sem-vergonha, e no entanto era verdade, só podia ser verdade, as informações eram confiáveis, os detalhes eram sólidos, não havia qualquer dúvida, e o padre sabia que tinha sido enganado.

Ah, não, não no meu rebanho, deve ter pensado o padre, que falava todo o tempo que o importante para rebanhos era transformá-los, e, ao transformá-los, salvá-los. Não no seu rebanho, tinha pensado o padre.

Padre Estevan não deve ter sido um mau homem. Um mau padre, talvez, mas não um homem tão mau. Um homem impulsivo, que sobreviveu a Barcelona durante a Guerra Civil e que sabia o que podia acontecer quando os homens perdiam o respeito pela representação de Deus na terra. O padre sabia o quão pouco separava os homens das feras quando eles perdiam o medo pelos sacerdotes, os seus únicos representantes no mundo aqui embaixo. O padre não tinha dúvidas sobre a sua missão, nem muito controle sobre as emoções.

— A freira vai fugir com Roberto Caminhoneiro! — tinham assegurado a ele, e aquilo era doloroso. Iam fugir para o Paraná, onde Roberto tinha conhecidos, garantiam ao padre.

Padre Estevan nunca tinha sido um homem de se conter diante do pecado, e aquele pecado exigia um rigor que ele mesmo temia. Rigor, pensava o padre. Sem ele, onde vamos acabar todos?

Padre Estevan seguiu para a casa do caminhoneiro, levando junto a corrente que usava para fechar o portão da casa paroquial. O braço do Senhor segurava aquela corrente, sentia o padre. O castigo deve ser exemplar para o pecador. Mais ainda para o pecador que traía a própria Igreja. Quando padres e freiras eles mesmos pecam, que dirá o mundo?, pensava o padre, no caminho.

O caminhoneiro morava um pouco fora da cidade, e a casa estava às escuras. Um vulto estava deitado sobre a única cama ocupada do quarto, Meu Deus, ao menos isso, apenas um vulto, não dois. A ira divina se encarregou do resto, e se encarregou mal, ao que parece, sobre as costas do vulto, pecador inocente, ao menos deste crime. Se a ira divina guiava a mão do padre, ela parecia estar com problemas de visão, uma vez que, conforme descobriu logo o padre, aquele pecador nem ao menos era Roberto, e sim o irmão dele, que recebeu o castigo por engano e se enganou, por sua vez, quanto ao pecado pelo qual estava pagando. O irmão de Roberto acordou ouvindo o esbravejar do padre e pensou que a mão com a corrente fosse de algum marido traído, no que ele estava ao mesmo tempo errado e certo.

O irmão de Roberto Caminhoneiro saiu então de um sono que deveria terminar em baile diretamente para o hospital, onde enfaixaram duas costelas por via das dúvidas, surgidas porque a máquina de raios X não estava funcionando, e o mandaram embora, com a explicação de que tudo não havia passado de um mal-entendido e que melhor seria esquecer a surra e receber créditos por pecados ainda não cometidos.

O irmão do caminhoneiro teria esquecido, e esquecido logo, não fosse a dor na altura do pulmão. Além da dor, o que não deixou que ele esquecesse foram um formulário preenchido no hospital, descrevendo a causa e a natureza dos ferimentos, e um auxiliar de delegado com sono, que não foi suficientemente rápido em sumir com o formulário, permitindo que ele chegasse às mãos do Juiz. Deste momento em diante, os acontecimentos tomaram o seu curso, rápido e, principalmente, inexorável, de acordo com os tempos que se inauguravam em São João.

O Juiz intimou formalmente o padre para esclarecimentos. O padre entendeu haver ali um conflito de poderes, achando o dele outorgado por autoridade muito mais competente. O Juiz, que acreditava na separação entre

Estado e Igreja, deu vinte e quatro horas ao padre para pensar melhor no assunto, mas o padre preferiu o enfrentamento, certo de que, ao menos em São João, o papa possuía divisões em número mais do que suficiente para reduzir a pó o que de secular viesse pela frente.

O delegado Gomes em pessoa fez a prisão, e nunca houve homem mais constrangido, pedindo desculpas ao padre pelo menos umas cinco vezes, me contou o ajudante, muito impressionado com aquilo tudo. O padre foi colocado na prisão da cidade, ela em si uma piada de gosto duvidoso, paredes de papel e um cadeado de ferro com pelo menos vinte anos de idade como única barreira entre o preso e o mundo.

O modo como São João se portou após o padre Estevan ir para a cadeia diz muito de como a cidade passava a se sentir em relação ao Juiz. A vigília convocada por Ronaldo reuniu mesmo umas cem pessoas diante da cadeia municipal, e elas clamavam pela libertação do nosso líder espiritual. O padre nunca teria recebido tanto carinho em tempos melhores; ele havia aterrorizado, abusado, humilhado cada membro da sua congregação de uma forma ou outra. São João já vinha querendo um catolicismo mais burocrático havia tempos, para o lugar do furor carismático do padre Estevan, e cada uma daquelas pessoas na rua estava na verdade declarando ao Juiz o que não podia, ou não saberia, dizer de outra forma: que ele era um sonho nosso e não tinha o direito de se comportar da forma como vinha fazendo, que éramos os criadores do sonho e devíamos ter um pouco de controle sobre ele. Ele deveria ter ouvido as nossas histórias nas salas das nossas casas, segurando um bebê lacrimejante e provando um bolo ou vinho feito pelos anfitriões, garantindo que era o melhor que ele já tinha experimentado em toda uma vida. Ele muito bem poderia ter estado presente nas inaugurações claudicantes de placas de ruas e árvores transplantadas para a nova praça, antes que sumissem umas e morressem outras. Ele poderia ter feito discursos ao lado do presidente da Câmara, com a fotografia de Kennedy dando a bênção ao momento, e poderia ter permitido a alguma mãe um pouco de esperança na opção por uma de nossas filhas. Ele poderia ter se mostrado mais próximo e interessado em abrilhantar o nosso sonho, e, não, como tinha escolhido, ser a mostra viva e diária da sua impossibilidade.

São João agora pedia pelo padre como pediria pela Virgem, se este fosse o culto do momento; a cidade fazia um pacto de esquecer temporariamente o que o padre tinha sido, em troca do que ele poderia representar, desde que se dispusesse a um comportamento humilde e contrito diante do ultraje, pela primeira vez no papel histórico e consagrado de mártir da Igreja.

As dores de Alberto, analgeizado sobre uma cama e com um pulmão quase rompido, não interessavam agora, e portanto eram esquecidas. O Juiz tinha cometido um crime de lesa-padre, e isto era o que interessava. Havia limites, era o que diziam todos, e eles tinham sido ultrapassados.

Olhavam para mim triunfantes, como que afirmando algo, em minha ligação com o Juiz. Eu era o escrivão, ele freqüentava o meu sítio e comia o que Mariana preparava, me convidava para jogar xadrez e me revelava segredos que eu sonegava a todos. A minha lealdade começava a ser posta em questão, num prenúncio do que ainda viria pela frente, e eu atravessava a rua até o Fórum sentindo todos os olhares sobre mim, decidido a pedir ao Juiz que parasse com aquilo tudo antes que fosse tarde.

— Juiz, eu gostaria de falar com o senhor.
— Eu tenho aqui vinte e cinco telegramas, e todos eles gostariam de falar comigo. Eu estou ficando popular, pelo visto.
— Juiz.
— Até o arcebispo de Porto Alegre, e em linguagem não muito diplomática. Ele quer falar comigo também. E o presidente da Assembléia, e a Opus Dei, o consulado da Espanha, a Congregação Mariana. Somos afinal um grande sucesso de público.
— Juiz, ele é um padre.
— Padres não podem dar surras de correntes nas pessoas. Eles podem ouvir confissão, podem conversar com fiéis e ameaçar com o fogo eterno. Mas não podem cometer crimes.
— Mas ele deve ter tido motivos.
— Mas não quis explicar.

Fomos interrompidos por um menino trazendo outros dois telegramas.

— Antônio, minha mãe quer saber o que eu ando fazendo. O padre da igreja dela falou do púlpito, pediu que rezassem pela igreja ameaçada e perseguida. Isso fica cada vez mais interessante.

O Juiz abriu o segundo telegrama e ficou em silêncio. Olhou para mim e estendeu o papel. Li. O corregedor em pessoa estaria aqui na manhã seguinte. Olhei para o Juiz.

— Acho que eu gostaria de uma boa partida de xadrez. Se isso não o compromete demais.

— Claro que não, Juiz. É um prazer.

— Às oito então.

— Às oito.

Durante o jogo, o Juiz parecia se divertir. Mais de uma vez eu o vi sorrindo consigo mesmo, embora não falasse nada. Ele estava particularmente bem no jogo, nunca permitiu que eu tomasse qualquer iniciativa e venceu duas partidas em seqüência, antes de me oferecer um vinho do Porto, que bebemos em silêncio, porque eu não conseguia pensar em nada para dizer e ele não fez qualquer movimento. Quando me despedi, o Juiz me falou que as pessoas adultas tinham que saber ser desapontadas. Eu fui para casa pensando naquilo, em quem eram os adultos a ser desapontados, e descobri que para todos, para as pessoas de São João, o arcebispo, o Juiz, o corregedor ou eu mesmo, a frase servia. Dormi pensando nela.

O corregedor chegou antes das nove, sem secretário, apenas motorista, e não se demorou em preliminares. Imediatamente se reuniu com o Juiz, a sós; logo após a conversa se dirigiu à cadeia, onde encontrou o padre, também a sós. Voltou ao Fórum, de onde saiu acompanhado pelo Juiz, e juntos foram até a cadeia.

São João olhava pelas janelas e poucas vitrines. Do salão de Josué Barbeiro, um grupo de homens apostava que o Juiz não passava de hoje, que voltava no carro do corregedor, preso.

Depois de uma meia hora, saíram o padre e o delegado numa direção, o Juiz e o corregedor para o hotel, onde almoçaram, para incompreensão geral de São João, que ainda não sabia soletrar corporativismo, a palavra da suspeita. Antes do retorno do corregedor à capital, ele e o Juiz se reuniram no Fórum para revisar alguns dos processos em andamento. Os dois se comportavam como bons amigos, e o Juiz não parecia nem um pouco frustrado. Eu sabia que a soltura do padre fora obra de alguma manobra onde todos deviam ter cedido alguma coisa, porque o corregedor não era homem a quem se dissesse não. Não sabia ainda o que aconteceria ao Juiz, mas ele não parecia se importar, então tentei fazer o mesmo.

Ao final, o corregedor se despediu do Juiz, que disse ter um compromisso fora da cidade, e permaneceu uns instantes ao meu lado, fumando e rindo para si mesmo. O corregedor olhou para mim, avaliativo.

— Antônio, o que acha do juiz de São João? Rapaz decidido, não é mesmo?

— Acho que o senhor sabia o que queria quando o designou. Mas a cidade não sabia.

— Quando lhe falei que São João não precisava de um juiz, Antônio, eu estava errado. Disso nós já sabemos. Mas quando resolveu que desejava um juiz, o povo daqui também estava errado, e agora eles também sabem disso. Todos aprendemos alguma coisa, não é mesmo?

— E agora, corregedor. O que acontece?

— Nada. O que poderia acontecer?

— As pessoas daqui, quando viram o senhor chegar, acharam que o senhor iria levar o Juiz embora.

Ele riu com gosto. O corregedor era um homem com um humor particular.

— Como eu poderia levar embora o melhor juiz que São João já teve? As pessoas da cidade podem dormir tranqüilas, Antônio. Ele fica.

Ele falou isso me olhando firme, e eu soube que o Juiz ficaria, e ficaria porque não havia motivo para que se fosse, porque era uma questão de honra para o corregedor; a ele não se aplicava o que tinha falado o Juiz sobre os adultos e não seria desapontado. Para o corregedor, a questão já estava resolvida antes mesmo de ter surgido, e ele tinha vindo não para mediar a questão com o padre, uma coisa menor afinal, mas para, com a sua presença, assegurar que o Juiz ficava e que não havia uma só coisa no mundo que São João pudesse fazer, caso estivesse insatisfeita com a situação.

O Juiz olhava para as costas molhadas de Juliana e a água que escorria por entre os ombros dela e de volta para dentro da água. O Juiz gostava disso, tinha passado muitos anos próximo ao mar, ou ao Guaíba, muita água, grandes quantidades dela, e era o que mais lhe fazia falta entre as paisagens possíveis em São João. Juliana estava alheia, brincando entre as pedras.

Desde o baile tinha sido assim, tinham se encontrado para passeios a cavalo ou banhos na cachoeira, onde não se tocavam ou se falavam além do mínimo, porque Juliana não saberia como ir além e o Juiz não demonstrava disposição para isso.

— A cidade não está muito feliz comigo.

— Por que o senhor prendeu o padre? Eles detestam o padre.

— Pode não ser o padre quem eles detestam.

— O senhor é mesmo antipático. Mas eu sempre achei que antipatia fosse qualidade em São João.

— Obrigado pela sinceridade. E por tanto respeito.
— Respeito?
— Só me chama de senhor.
— Eu me sinto assim na sua presença. Respeitosa.
— Isso é muito bom saber.
— O que o senhor acha que pensariam se nos vissem?
— Juliana, quem não nos viu ainda?
— O senhor não se importa?
— Acho que não sou eu quem deve se importar. Eu sou frio e insensível, lembra? A cidade inteira acha.
— O senhor vai desistir de São João?
— Eu? Por que desistiria? Uma cidade tão hospitaleira.

O Juiz se colocou sob a queda-d'água e ficou lá, tremendo com o frio e o peso da água caindo. Juliana ficou olhando para ele, muito magro e branco. Ela começou a sair e colocar calças e uma camisa sobre o maiô molhado.

— Juiz, eu prefiro voltar sozinha hoje.

Ele acenou com a mão e mergulhou na água fria. Ela subiu no jipe em que tinha vindo e se afastou, dirigindo com alguma dificuldade.

Na mesma noite, o padre rezou uma missa especial para uma casa cheia. No lugar do sermão que todos esperavam e que tinha sido o motivo principal para a vinda, ele falou longamente e numa voz baixa sobre tempos passados na Espanha, os anos 30, quando a selvageria tinha se abatido na forma da República e igrejas tinham sido transformadas em açougues, e padres em carne sanguinolenta.

Os fiéis tremeram com as imagens, sabendo o que o padre queria dizer. Pela primeira vez, o padre os chamava para uma conversa e queria a atenção deles por bem, em vez das ameaças de sempre. Eles sentiam a sua nova importância e ouviam em silêncio. A escuridão tomava forma nas palavras do padre, e eles a viam, numa aldeia da Catalunha que não era tão diferente de São João, com os republicanos ateus e suas atrocidades contra as freiras e contra a fé, com a destruição começando de forma sutil até os verdadeiros cristãos virem da África para a resistência heróica, o momento da verdade e das escolhas.

Eu estava na igreja, e os olhares me seguiam, e eles perguntavam e perguntavam. São João nunca tinha ouvido falar em Guernica ou Picasso; a única pintura que tinha diante de si era oferecida pelo outro lado, e todos se aliavam na indignação. Ronaldo tomava a dianteira da fila da hóstia e mulheres soluçavam. Mariana entrou na fila, mas eu senti os olhares e me retirei da igreja para a rua, para respirar um pouco.

Lá fora, na praça, desinteressados na guerra civil espanhola ou na vida de mártires, apenas as figuras próximas e solitárias de Bento e Júlio. Eles pareciam conversar sobre alguma coisa que deixava Júlio insistente e Bento assustado, porque ele fazia sinais com as mãos para Júlio parar com aquilo. Júlio falava com força, e a motocicleta tremia de um lado para outro com a intensidade dos argumentos. O Juiz jantava no hotel, pude ver a sombra sozinha no que eles chamavam de salão principal. A noite estava fresca, Barti apontava o telescópio para algum ponto atrás do hotel. Caminhei para casa lentamente, esperando que o ar da noite me aliviasse um pouco a mente. Diante do clube, o Packard do Dr. Linhares mostrava que ele estava lá, para um jogo de pôquer mais pesado e conversas esfumaçadas noite adentro.

A nova Cruzada era diferente no nível de ruído em que acontecia. Mais uma vez São João se unia em torno de uma causa, mas agora nada do tom retumbante da primeira, da justeza cristalina daquelas intenções.

Ronaldo era mais uma vez o líder de um movimento, mas agora o sentido era o inverso dos ponteiros do relógio, e o tempo era o inimigo maior. Cada dia que o Juiz passava entre nós, maior o risco de ele fomentar revoltas e atacar a ordem instituída. O Juiz não era confiável, e São João não podia ficar à mercê dele apenas porque o corregedor tinha desejado assim.

Havia no mundo forças maiores, era o que Ronaldo lembrava a todos os que se reuniam para escutar e fazer que sim com a cabeça.

O problema para Ronaldo, como líder, era que ele não conseguia alistar as forças maiores, e muito menos conseguir que elas se alinhassem com a cidade contra o Juiz. A única força que todos conheciam tinha rido e largado um "Bem feito, quem mandou trazer o homem!" — o toque final de humilhação para o comitê que, de chapéu na mão, tinha ido em busca do apoio do Dr. Linhares.

E o desespero de Ronaldo crescia quando ele pensava na proximidade cada vez maior entre o Juiz e uma outra Linhares, todos garantindo que nunca tinham visto comportamento igual numa moça de São João.

Eu não tentei argumentar contra, e sei que isto não teria feito a menor diferença. Eles queriam resultados, não consciência; vingança e não soluções construtivas. Ronaldo ainda não sabia que o seu final seria Campos, e a idéia de Juliana com o Juiz era um excesso que não queria presenciar.

— Não era esse Juiz que a gente queria — disse Josué Barbeiro numa noite mais amarga, quando as possibilidades se esgotavam e a nova Cruzada se encaminhava rapidamente para um fracasso.

Ronaldo poderia ter usado muitos exemplos da História de batalhas perdidas com o resultado invertido no último instante pela Providência sem que os moradores de São João passassem a se sentir mais otimistas. Para a maior parte deles, o Juiz era um rochedo inatingível, parte de um sistema maior e diante do qual São João se despedaçava, um sistema de coisas que tinha se apropriado da cidade com o seu consentimento inconsciente e prometia ficar para sempre.

São João se defendia dizendo que nunca tinha imaginado o que representava um juiz, que simplesmente tinham desejado um porque parecia bom, como uma coluna social e bailes de debutantes. São João logo começaria a resmungar que a culpa tinha sido de Ronaldo, que ele era quem afinal tinha insistido com a vinda do Juiz, no tempo em que a maioria teria se contentado e esquecido, fingindo olhar para o outro lado a cada passagem do juiz de Campos, inventando alguma outra diversão menos problemática. Mais do que sentimental, o problema começava a assumir uma forma perigosa para Ronaldo.

A cidade reagia de outras formas, todas elas igualmente ineficazes. Deixavam de convidar o Juiz para jantares e cerimônias a que ele nunca tinha assistido, de qualquer forma. Se recusavam dar aos filhos o prenome dele, como já tinham feito, sem que ele se sentisse padrinho. Esvaziavam a sala do hotel durante o almoço, não sentavam junto a ele no cinema. Mariana chorava escondida, sem coragem de pedir a mim que fizesse alguma coisa, sofrendo pelo modo como a cidade a olhava, chorando pelo Juiz, de quem ela gostava, e secando as lágrimas por mim. Eu chegava em casa à noite, um pouco mais tarde, depois de uma partida de xadrez, e ela já estava deitada, voltada para a parede, soluçando um pouco, ressentida com a minha falta de ação.

São João fazia isso conosco e mais. Com o tempo, o mundo exterior se tornava assustador, comparado com o previsível dos ponteiros dos nossos relógios, com a nossa paz imutável. Eu tinha ficado. Eu tinha acreditado. A São João profunda, a São João mais escura e autêntica, onde o Dr. Linhares ocupava os espaços reais e imaginários, onde a lei não era a que o Juiz tinha para dar, esta tinha me escapado. Eu tinha sido ingênuo e incapaz de perceber o que se passava comigo e ao meu redor. Mais de dez anos de enganos, e agora eu percebia, e me perguntava se ainda era possível mudar o que quer que fosse.

O Juiz tinha falado que os adultos tinham que aprender a serem desapontados, e era exatamente o que São João se recusava a fazer. Tanto a crescer e ficar adulta quanto a ser desapontada, quero dizer. Numa teimosia adolescente, nossa cidade queria que as coisas mudassem para ficarem como ela queria que fossem. O Juiz nunca iria mudar, diziam. Juliana mudaria, disso cuidaria o dinheiro da herança um dia, mas o Juiz, este nunca, e nunca era tempo demais para São João, e em especial para Ronaldo.

Eu sabia que eles estavam exagerando. Um juiz nunca fica mais do que uns poucos anos em um lugar; certamente uma cidade mais importante estaria à espera do Juiz em pouco tempo. Mas São João temia pelo que podia ocorrer em meses, e os temores de Ronaldo se mediam em semanas, que era o tempo, na mente dele, suficiente para que pessoas pedissem pessoas em casamento e elas aceitassem, colocando por água abaixo tudo o que até agora ia tão bem.

Água abaixo era o que não faltava, cachoeiras dela ocupando a imaginação de todos em São João, o Juiz e Juliana e a cachoeira, sempre ela. Não sabiam que a cachoeira era importante apenas para o Juiz, que Juliana seria muito mais feliz na varanda de algum hotel caro em Guarujá ou Copacabana, aquelas águas bem mais do agrado dela, como iria demonstrar alguns anos depois.

São João era tomada pela histeria, razão pela qual estaria tão bem preparada quando 64 viesse; ela queria aqui e agora, e alguma coisa tinha que acontecer, antes que não restasse nada do mundo de que a cidade ainda lembrava, tão distante e apenas poucos meses atrás.

Em meio a tudo isto, Júlio Linhares andava estranhamente quieto e fora das vistas nos últimos tempos. Ele agradecia, sem que soubéssemos, o tempo de desatenção, presente da cidade a ele. Júlio surpreendeu São João com a extensão da memória e do desejo de vingança que devia ter surgido com ele ainda um menino pequeno, uma vez que São João não conseguia lembrar de nenhuma afronta mais recente provocada pelo pai; São João sendo incapaz de entender que a afronta se iniciava com a escolha de um nome, que se estendia na história de um sobrenome; e que tudo isto se convertia no peso de crescer sob uma expectativa e uma tradição; Faulkner já tinha escrito que não existe crime tão horrendo ou vingança tão terrível que um menino de doze anos não possa imaginar; que impossibilidade material não deve ser confundida com falta de desejo ou de firmeza na mão. Agora, São João descobria que tinha subestimado Júlio Linhares, a começar pelo pai, e, por conta da descoberta, Júlio precisou deixar a cidade por muitos anos. Creio que voltou apenas por causa da mãe doente e por poucos dias. Uma vez restabelecida Dona Ana, nos abandonou Júlio para sempre, mas não sem deixar como herança o golpe final, definitivo na curta relação entre São João e o seu Juiz.

Eu estava no salão de Josué, uma vez que, com crise ou sem ela, pessoas ainda precisam fazer a barba e cortar o cabelo, e tréguas são necessárias e normais; cidades pequenas não permitem guerras constantes, não acreditem se alguém lhes disser isto, somos pequenos demais, e evitarmos uns aos outros por completo tomaria um tempo e espaço de que não dispomos.

Eu tinha pedido a Josué corte de cabelo e barba. O salão estava vazio, e ele, talvez por não haver ninguém assistindo, foi até gentil comigo. Falamos de Dalton, lembro, que atravessava dificuldades por conta de jogos em Montevidéu, de Mariana, que parecia não sair de uma tosse. Falamos um pouco dos militares e de Jango. Estávamos relaxados, um pouco envergonhados, acho, de nossa atitude dos últimos tempos.

Eu descansava no calor de um barbeado. Que nunca inventem qualquer coisa que substitua uma toalha quente e a loção aplicada pela mão de um barbeiro, é o que eu penso. Que nunca inventem algo que substitua a navalha e a cinta de couro que usam para trazer de volta o fio, ou que substitua o pincel de cerdas macias se espalhando sobre o nosso rosto. Algumas coisas, simplesmente, não deviam mudar, é o que eu penso.

Josué, deixando que eu devaneasse na cadeira, foi até a janela. Voltou para perto de mim, aplicou uma outra toalha, voltou à janela e disse, numa voz em dúvida:

— Antônio. Sabe de alguém de fora com assuntos no Fórum hoje?

— No Fórum? Não existe nada para hoje. O Juiz está sozinho, lendo uns processos. Os Reuter andam discutindo a herança do velho.

Os Reuter. Família exemplar, unida como poucas, católicos alemães. E agora aquilo, brigando de não se falarem e haver conversa de vingança, por conta de umas terras de escritura complicada e suspeitas de um irmão contra as medições pedidas por outro.

— Uma vergonha — diziam, lembrando de quando nada disso teria acontecido.

— Não, Antônio. É um sujeito bem arrumado, parado em frente ao Fórum. E agora chegaram o Júlio Linhares e o Bento. Acho que estão dando alguma informação para o sujeito.

O calor da toalha me fazia lento. Muito lento, ou teria percebido muito mais cedo o que se passava. Eu já sabia o que o homem tinha vindo fazer. Oh, não, pensei. Oh, não!

Eu já estava tentando tirar aquela toalha do rosto antes de Josué fazer qualquer gesto de espanto. Lembro que joguei a toalha para um canto, enquanto fazia sinal a ele para que não se movesse, para não vir junto, não vir junto, ao mesmo tempo que saía da cadeira e tentava chegar ao outro lado da rua antes que o que ia acontecer acontecesse.

— Que diabo! — disse Josué, assistindo sem compreender a minha saída, e eu poderia ter dito a ele, eu poderia ter falado que todos estavam errados quando pensavam que tudo já tinha ficado tão mal quanto se acreditava que pudesse ficar; que saíssem de perto os fracos de estômago, porque, agora sim, todos iriam ver. Eu poderia ter dito a Josué. Claro que isto não iria fazer a menor diferença, mas eu poderia ter dito a ele o que todos logo iriam descobrir, porque, mesmo antes de saltar da cadeira e sair do salão de Josué, eu sabia o que Júlio vinha planejando todo este tempo, e por que o Juiz era tão importante para ele; porque agora era claro, e era claro que Júlio Linhares tinha convencido Bento a entrar com uma ação de reconhecimento de paternidade contra o pai. O pai deles dois.

Meu Deus, pensei, correndo para o Fórum.

— Antônio, este é o Dr. Fedrizzi. Ele é de Porto Alegre. Um italiano, ainda por cima. Esse rapaz era louco.

— Posso falar com você um instante, Júlio?

— Nós não queremos conversar, Antônio. Bento precisa falar com o Juiz. É só isso. O Dr. Fedrizzi tem tudo pronto.

O Dr. Fedrizzi era um advogado conhecido, com larga experiência em excessos extraconjugais de fazendeiros. O que quer que ele tivesse escrito seria inatacável e correto, isso eu sabia.

— Sr. escrivão, o senhor pretende obstruir o direito do meu cliente de ter acesso à Justiça?

Eles sempre falam assim. Não sei por que eles sempre falam assim. Acho que gosto de São João porque nunca tivemos advogados ricos e bem-sucedidos, e os que hoje vêm até aqui o fazem apenas para aproveitar do clima saudável da montanha nas cabanas suíças que constroem num condomínio aqui perto.

Eu não pretendia nada em especial, talvez evitar que os meninos sofressem, e afinal foi apenas um gesto sem importância, eles estavam decididos. Bento não tanto; na verdade ele parecia muito assustado, mas não iria desistir, não com Júlio ao lado.

Lembro do olhar feliz de Júlio dizendo o que havia para dizer, e eu fiz com a cabeça que muito bem, meninos, se é o que vocês querem, que importa se talvez vocês não saibam o que fazem, se é isso o que faz meninos meninos, o não saber e não precisar saber, o não saber e não se preocupar que nos faz capazes de tudo e que perdemos um dia, para nunca mais recuperarmos.

Eu tentei, alguns viram e depuseram em meu favor, para afastar a fúria do Dr. Linhares, que não pôde cair sobre os meninos porque mães previdentes os mandaram para longe com ordens expressas de não se mostrarem a ninguém.

— O que os rapazes desejam? — perguntou a voz do Juiz.

— Nós temos uma petição para o senhor ver — disse Júlio, com a voz tremendo o que o resto do corpo conseguia esconder.

— Nós?

— Ele — disse Júlio.

— Entrem — disse o Juiz, como eu sabia que faria. — Antônio — disse —, eu não quero que nos interrompam.

Fiz que sim e fiquei ali parado sem ação possível, porque ninguém precisava de mim para coisa alguma. Fui até a minha sala e fiz um café. Já era tarde, Mariana tinha prometido uma sopa e assado de costela. Eu decidi que iria aproveitar cada minuto daquele jantar a sós, nós dois. Eu sabia que era o último momento de paz que teríamos pela frente.

Júlio sabia que era agora ou nunca. Tinha ido à casa de Bento sabendo disso. Tinha pensado em cada palavra, previsto cada objeção e descartado uma a uma. Desta vez, ele sabia o que dizer e como, e Bento não seria capaz de dizer não.

— Bento, se nada mais te interessa, devia ao menos pensar na tua mãe.

— A minha mãe não quer ouvir falar nisso.

— A tua mãe tem medo de falar nisso. Mas tu acha que ela não quer ver o filho ser tratado com justiça? Ter o que é seu?

— Júlio, eu não te entendo. Ele é o teu pai.

— Ele é nosso pai, não é mesmo?

Bento fez com a mão que queria que ele parasse, mas Júlio não ia parar, não hoje, não mais. Ele tinha pensado e sabia que era o momento. A oportunidade era esta, era aproveitar ou se arrepender para sempre. Júlio sabia que era o momento, e Juliana, sem saber, tinha assegurado que o Juiz era o homem certo.

— O Juiz é homem de verdade — tinha dito ela.

— Acho que o Ronaldo não ia gostar de te ouvir falar assim, maninha.

— O Ronaldo podia aprender um pouco com ele. Viu como ele não se dobrou? Mandou o padre Estevan pra cadeia. Devia ter deixado ele lá.

— É, mas quando o homem importante de Porto Alegre veio até aqui, ele obedeceu direitinho.

— Era o superior dele. E ele não podia manter o padre preso. Foi só um tempo, pra mostrar quem manda.

— Quem manda é o Dr. Linhares.

— Nem tanto, Júlio. Ele não se meteu nessa briga.

— Porque não queria.

— Porque não podia. O Juiz podia colocar até ele na cadeia.

— Acha mesmo?

— Claro que sim. Ele faz qualquer coisa.

— Juliana. Não existe nada como uma mulher apaixonada.

— É impossível falar contigo, Júlio.

Júlio não entendia ao certo o que o Juiz e Juliana pudessem ter em comum, e não estava interessado em saber. O importante era a afirmação dela de que ele era o homem capaz de enfrentar Temístocles Linhares, porque, para o resto, Júlio confiava na natureza humana, acreditava na força de quadras de campo, de gado pastando nelas, acreditava que Bento seria convencido. A hora era agora.

Júlio tinha ido até a casa deles, o casebre no canto da cidade, onde moravam os despossuídos de São João. A mãe de Bento estava sentada junto à máquina de costura como sempre.

Bento estava no quarto dele, lendo livros de escola, estudando ainda no ginásio, e isso mesmo possível porque ele, Júlio, tinha conseguido o dinheiro para os óculos, para os livros, e mesmo para o colégio, em alguns meses mais difíceis.

— Eu falei com um advogado em Porto Alegre. Eu quero que tu venha comigo até lá. Só escuta o homem e vê o que acha. É só isso.

— Júlio. Como eu vou morar aqui depois disso? Tu é rico, pode ir pra onde quiser.

— A gente vai junto.

— Não sei, acho que não é certo.

— E o que é certo? Ficar sem nada? Ou acha que ele vai se arrepender na hora da morte e mudar tudo? A tua mãe tem direitos também. Tem que agir. Ou então fica nesse barraco a vida inteira. E se a tua mãe fica velha e doente, não tem como cuidar dela.

— O teu pai vai ficar furioso contigo. Já pensou nisso?

— Ele não pode fazer nada. Agora tem o Juiz, e ele vai cuidar de tudo. E o Dr. Linhares não pode fazer coisa nenhuma, porque esse Juiz aí não tem medo. Ele prendeu o padre, não prendeu? Ele chama o Exército se for preciso. E eu só quero que a gente vá junto conversar com o advogado.

Tinham ido. E o homem tinha impressionado Bento, como tinha impressionado Júlio uma semana antes. Ele falava e tudo parecia fácil e claro. Podia levar tempo, ele dizia. Mas era certo, e era justo.

Justiça. O advogado falava de um jeito que fazia qualquer um sentir que tinha direitos, que o que quer que fizessem seria direito. O advogado tinha uma estátua da Justiça na sala. Ela não enxergava muito bem, pelo visto, mas nas palavras do advogado era tudo claro como água.

Bento tinha saído de lá quase convencido, Júlio via isso. A cidade grande, as ruas, os automóveis e as muitas pessoas assustavam, mas eram a lembrança de que havia outros mundos e que eles podiam fugir até eles, se São João fosse difícil demais. Havia como lutar e por quê, e Bento voltou a São João mudado. A petição estava pronta, e Júlio pediu que ele assinasse, acreditando que a cidade grande, com todas as promessas que continha, era o que faltava para encher Bento da coragem para o gesto, para não pensar por um só instante e perseguir o sonho. Não podiam ser escravos do Dr. Linhares a vida inteira, foi no que Júlio insistiu, dizendo, "Vai, assina! Vamos em frente!"

Porto Alegre tinha inebriado Bento, e o advogado sabia falar de um jeito que tornava tudo possível. O papel diante dele colocava promessas, de campos e de cidades além da imaginação. Bento tinha apenas vinte e um anos. Ele parou de resistir e assinou.

Quando o ar quente do mar é empurrado serra acima, ele se condensa, as nuvens se formam rapidamente e começamos a nos preparar para a chuva que vem em seguida, nunca falhando, nunca nos pegando de surpresa — surpresa seria se algum dia as coisas corressem de forma diferente.

No dia em que o Dr. Linhares recebeu a convocação para prestar depoimento diante do Juiz no caso de reconhecimento de paternidade de Bento, o ar estava carregado de chuva, umas nuvens escuras se formavam ao leste e eu me perguntava se conseguiríamos ir até o sítio naquele fim de semana, fosse pelo riacho enchendo demais com a chuva, ou pelos eventos à nossa espera. Mariana corria para retirar as roupas no varal enquanto eu me quedava com pensamentos tão sombrios quanto aquelas nuvens, menos esperançoso de que nossos problemas soubessem encontrar sua solução de maneira tão fácil e natural quanto a chuva.

Eu tinha ido mais cedo para casa, depois de ter levado a convocação até a casa dos Linhares. O Dr. Linhares estava entrando para a sesta e não deu atenção ao que eu disse ou ao que eu trazia, talvez por achar que nada vindo de mim pudesse ser tão importante, não sei. Apenas assinou, sem ler ou pedir explicações.

Eu me sentia cansado. Talvez velho demais para essas coisas. Talvez o Dr. Linhares e os métodos dele estivessem ficando antigos, ultrapassados. Talvez o Juiz representasse mesmo os novos tempos. Talvez todos nós estivéssemos ficando velhos, de alguma forma.

Eu estava sentado na sala dos fundos, junto à cozinha, enquanto Mariana seguia correndo atrás das roupas; olhava para as que ainda estavam penduradas, balançando ao vento forte, e pensava em todos nós em São João tocados em todas as direções por forças sem controle.

Mariana olhou na direção da rua, afastou o cabelo do rosto, que a impedia de ver direito, e me olhou, parecendo assustada. Havia alguém lá fora, que eu não podia ver de onde estava, alguém que Mariana não tinha gostado de ver, e devia estar lá à minha procura. Escutei que perguntavam algo e ela não respondia. Saí da sala, e era Anselmo, que tinha vindo me buscar.

— O Dr. Linhares quer lhe falar.

Ele dirigia mal, pisando forte no freio a cada movimento do jipe. Anselmo tinha aprendido a dirigir tarde, como quase todos na cidade que aprenderam a dirigir qualquer coisa. Ele não me disse nada, apenas guiou em silêncio, com a chuva batendo forte no teto de lona e entrando pelas frestas entre o teto e a porta, com a janela de plástico balançando com o vento. A chuva fazia o caminho invisível, as nossas casas ficavam em extremos opostos da cidade, a minha junto ao Fórum, no lado novo da rua, e a do Dr. Linhares na saída da cidade, quase já no campo.

Ele estava no meio da sala e não vi mais ninguém, Dona Ana ou quem fosse, e a casa estava em silêncio de pessoas.

— Antônio, o senhor sabe o que esse seu Juiz andou fazendo?

— Ele não é o meu Juiz, Dr. Linhares. Eu sou o escrivão, é só isso.

— E como o senhor pôde me trazer essa coisa aí?

O papel com a convocação estava sobre a mesa, com os óculos do Dr. Linhares, de aro, antigos, ao lado.

— O Juiz despachou e eu tive que trazer.

— Mas o que esse Juiz quer, afinal? Até agora ele já fez umas bobagens, mas é moço, isso se entende. Quis prender o padre? O padre andava precisando mesmo, se achando muito dono de tudo. Andou se metendo numas questões de terra do Dantas? Bueno, era terra de maragato, e nem era muita terra. Os Reuter? Alemoada é gente de briga mesmo, não respeitam família nem nada. Mas agora ele está se metendo onde não deve, seu Antônio. Onde não deve. Será que esse juizinho não entende quem eu sou?

Isto dizia muito sobre o Dr. Linhares. Entender quem ele era queria dizer entender toda a história de São João; entender por que nós nunca teríamos nada de nosso que não fosse a terra. Era entender por que Campos em poucos anos teria bancos, antenas de satélite apontando para todos os lados; estaria exportando calçados e plásticos para a América e Europa; que em vez de juízes de passagem para Campos, logo estaríamos assistindo ao desfile constante de estrangeiros que iriam até lá para deixar os dólares que, ao final, comprariam as nossas terras.

Entender o Dr. Linhares era exatamente o que faltava ao Juiz, e eu duvidava muito que ele estivesse interessado nisso, ou fosse mesmo capaz de fazê-lo.

— Dr. Linhares, o Juiz recebeu uma petição e deu seguimento. É tudo dentro da lei. Talvez, se o senhor falasse com ele, explicasse alguma coisa, ele mudasse de opinião.

— Falar com ele? Com aquele fedelho cheirando a leite? E dizer o quê? Que há vinte anos eu fui pra cama com essa mulher e ela teve o desplante de ter um filho? Que eu ainda fui bom e não mandei tirar? E que agora quer ter uma parte de tudo? E já não dei o suficiente? Casa, emprego, remédio, tudo. Eu não tenho que dizer nada. É ele quem tem que parar com isso. E já. E é o senhor quem vai dizer pra ele.

— Dr. Linhares, eu não posso ficar falando essas coisas para ele. Ele é o juiz.

— E o senhor é o escrivão. O senhor é da terra. Ele vai ter que entender.

Eu não era da terra. Eu nunca ia ser da terra, e nem me importava mais. Eu não queria dizer nada ao Juiz ou a quem quer que fosse. Eu não tinha criado nada disso. Eu queria ir para casa e ficar olhando o fogo junto com Mariana. Eu queria ir embora e criar abelhas no meu sítio.

— Então?

— Eu falo com ele. Mas não posso garantir nada.

— Fale com ele. Faça ele entender. É melhor para todos nós.

— Sim, senhor — respondi, e fui embora, com Anselmo mais uma vez dirigindo. A chuva já tinha acalmado e ele fumava um palheiro que esfumaçava o jipe e ardia os olhos.

Em casa, Mariana esperava na sala quando entrei. Ela tinha estado chorando, eu podia ver, e me deu muita pena dela, que nem ao menos entendia tudo o que se passava ao redor. Fiz que não com a cabeça quando ela quis me perguntar algo, e fomos comer.

Juliana soube que algo estava errado quando chegou em casa e viu a mãe na sala, junto com o pai, e ele perguntava algo e Dona Ana não respondia, apenas chegava o lenço mais junto à boca e olhava firme para o chão.

Juliana pensou em várias coisas, todas elas desagradáveis. Nunca tinha visto a mãe assim. A tinha visto chorando, isto sim, desde sempre. Dona Ana nunca tinha sido mulher de discursos, tinha sim chorado ao longo da vida, por tanto tempo que talvez não soubesse mais expressar suas opiniões de outra forma. Agora, no entanto, em vez de chorar diante da insistência do marido, olhava firme para o chão, em silêncio, e mais nada.

Juliana fez sinal ao pai para irem até o escritório ao lado. Ela tocou o ombro da mãe na passagem e disse a ela para ir para o quarto. Dona Ana deu um olhar agradecido e foi para as rezas que sabia.

Juliana abriu o armário das bebidas e serviu um conhaque para o pai, fazendo sinal para que bebesse antes de começar a falar. Ela serviu um pouco para si mesma, o que não teria feito em outros tempos, não diante do pai. O Dr. Linhares sentou na poltrona que tinha sido do coronel Bento e disse a Juliana que nunca, nunca iriam tirar o que era dele, o que era dela. Juliana fez que sim, pensando em Júlio. Juliana não imaginava que Júlio tivesse sido capaz de ir tão longe, colocando tanto a perder daquele jeito. Ela disse ao pai que não se preocupasse, que ela cuidaria daquilo, e ele, se entendeu como ela pretendia influenciar na questão, não demonstrou. O momento de fraqueza já tinha passado, e ele disse que nunca iria deixar que aquela história fosse adiante. Juliana não prestou atenção ao que o pai dizia, ou ao tom com que falava, este sim preocupante; apenas insistiu que Júlio tinha sido um insensato, mas que tudo aquilo não passava de um mal-entendido. Que tudo seria trazido de volta ao normal.

Quando saíram de lá, os dois eram aliados e isto não mudaria mais, mesmo durante a doença do Dr. Linhares, quando ele se comportou muito mal com quem esteve próximo, mesmo durante o tempo em que ela foi desquitada, uma vergonha que ele suportou com bravura, dando o braço quando os dois caminhavam pela rua central; e se o Dr. Linhares não se fez presente na formatura de Juliana em Psicologia, isto aconteceu porque voltar atrás em tantas coisas faladas ao longo de uma vida seria vergonha demais para um velho.

O Juiz estava indo a Porto Alegre, para um congresso, e por isso não pude ir além de uma conversa rápida, no dia seguinte ao da chamada do Dr. Linhares.
O Juiz escutou com gentileza e sorriu para mim, como que sem compreender o que eu dizia.
— Antônio, eu não entendo. Não se trata de nada pessoal. Ações de paternidade são coisa corriqueira. Pode ser mesmo que não se comprove. Mas não existe qualquer motivo para que não se dê o procedimento normal. O senhor gosta tanto assim do Dr. Linhares?
— Ele é um homem à antiga. Não vai ser uma experiência agradável para ele enfrentar esse tipo de exposição pública.
— Não precisa ser agradável, nem um fim de mundo. Mas ele precisa passar por isso, como qualquer pessoa. O senhor pretende que eu dê a ele um tratamento especial por ser rico e poderoso aqui? Como você sugere que nós chamemos este procedimento? Privilégio latifundiário?
— Vão dizer que o senhor está perseguindo o Dr. Linhares porque ele é rico e fazendeiro.
— Antônio, por que eu faria isso? E se disserem?

O Juiz nunca iria entender São João, ou qualquer outra cidade pequena. Ele não entendia a importância do que se dizia, do que se inventava, o que era dito se transformando em uma imagem da qual ninguém jamais se livrava. Ações de paternidade podiam ser corriqueiras em Porto Alegre, com o número de pessoas garantindo o anonimato e protegendo da vergonha de ter a vida exposta, os depoimentos dos dois lados afirmando o contrário, testemunhas desmentindo umas às outras com toda a sinceridade deste mundo, nada disso esquecido, nunca mais. A memória no interior não é a mesma da capital, eu podia ter dito a ele, se ao menos me escutasse. O Dr. Linhares era um homem daqui e sabia o que aconteceria. O Juiz não, e eu não tinha como fazer com que ele compreendesse. Ele me despediu com um aceno descuidado e retornou à sua leitura. Logo depois, viajou para a capital e para o seu congresso, deixando São João sozinha para decidir o que fazer com relação a um problema que passava a ser de todos.

O comitê de emergência se encontrou no clube para uma reunião na noite de sábado, retomada na noite de domingo, quando eu fui convocado. "A situação é séria", falaram. "O que podemos fazer?", perguntaram. "Nada", disse um, disseram todos. "Podemos apenas esperar que nenhuma tragédia ocorra", disseram, olhando em redor, para se certificar que ninguém deixaria de perceber a seriedade do momento.

Eram humanos o bastante para sentir prazer com a situação do Dr. Linhares. Todos tinham mágoas antigas, e se permitiriam expressá-las desde que fosse algo íntimo, na conversa com as mulheres, que iriam dizer, "Coitada da Ana", pensando nelas mesmas e nos maridos que tinham. Todos sabiam o bastante para entender que a preocupação era real e os perigos cercavam. No domingo foram à missa, mas os Linhares não estavam lá.

Tempos atrás, li algo escrito por um desses psicólogos de jornal de domingo, e ele falava que as mulheres sofrem de um mal que ele chamou de fantasia de transformação. Os homens são uns pobres, elas pensam. Eles não sabem o que fazem, e, se deixados sozinhos, agem como as crianças que são. "Nada que não possa ser melhorado graças a nós", pensam as mulheres, segundo o psicólogo de que falei.

Juliana tinha as suas fantasias. Talvez se visse como uma heroína, implorando ao Juiz que fizesse por ela o que não faria por mais ninguém. Talvez se visse a princesa, salvando o rei, seu pai, quando mais ninguém podia salvá-lo. Não sei. Juliana sempre foi uma moça inteligente e forte, mas também era muito moça então, vinte e poucos anos, uma juventude excessiva, a que nos leva a acreditar simplesmente demais no poder que, na verdade, não temos.
O Juiz olhou para Juliana na entrada da casa dele e perguntou o que desejava.

— Entrar. Posso?
— Eu estava tomando café. Quer me acompanhar?
— Não, obrigada. Mas eu espero.
— Eu já estou terminando.

O Juiz entrou para a copa e Juliana ficou na sala, inquieta, olhando em redor, sem saber ao certo como começar. A sala a deixava nervosa, os móveis escuros e impessoais, a funcionalidade de tudo, a inexistência de referência a uma família. Era uma casa fria, e nela morava um homem frio, pensou Juliana, com o desânimo da manhã começando a tomar conta.

O relógio tocou as oito horas e ela levou um susto com a entrada do Juiz, já de paletó e com alguns papéis debaixo do braço, demonstrando que não esperava que a conversa se estendesse.

— Juiz. É sobre a convocação do meu pai.

— Eu imaginei.

— Eu não sei se o senhor sabe, mas esta é uma história antiga, e eu tenho certeza que pode ser resolvida de uma outra forma.

— Talvez. Mas o requerente não é nenhum de nós dois.

— Ele é um coitado. O meu irmão foi quem colocou essas idéias nele.

— De solicitar os direitos que podem ser dele? Não me parece tão absurdo.

— Juiz, acredite em mim. Nada de bom pode sair dessa história. Deve ser possível fazer as coisas de outra forma.

— E por que isso seria feito?

— Eu era tão tola — disse Juliana, sorrindo para mim. — Acreditava nessa coisa, tão tola, tão tola. Que eu podia mudar tudo, mudar o futuro. Somos tão tolos, não é mesmo, Antônio?

Concordei, acho, porque ela se colocou melhor no casaco, sorrindo. Acho que se lembrava da juventude e suas tolices, como as descrevia agora.

— Ele me olhou como se eu não estivesse lá, Antônio. Como se eu nem ao menos existisse. Um aprendizado, não é mesmo?

O rosto do Juiz parecia cinza, em parte pelo tempo lá fora. Mas havia cinza que não era da chuva, e ele olhou para ela por um tempo enorme. Ele não parecia feliz, ou pensativo, ou nervoso, ou cansado. Ele apenas parecia muito, muito distante, estendendo o braço para o casaco pendurado junto à porta.
O Juiz abriu a porta para que ela passasse e se afastou, dizendo um até logo que ela não respondeu, incapaz de pensar, querendo apenas desaparecer, imaginando os rostos por trás das janelas e odiando a eles todos.

— Ele me olhou de um jeito — disse Juliana para mim naquela noite na varanda, no único momento em que quase chorou, ou pelo menos me pareceu ver lágrimas.

Juliana entrou em casa e encontrou o pai sentado na sala, imóvel, da forma como preferia ficar nos últimos dias, imóvel e em silêncio, olhando para o fogo, desatento de tudo o mais.
— Eu acho que o senhor vai precisar de um advogado — disse Juliana passando pela sala, antes de ir para o quarto, chorar o que entendia como uma humilhação. — O senhor vai precisar de um advogado — repetiu, esperando um instante pela reação do pai. Ele não disse nada, fez um gesto com a mão para ela seguir em frente e continuou como estava, pensativo, olhando para as brasas.

O comitê se reuniu mais uma vez, e os rostos de todos eram sérios. Eu tinha sido chamado, pensando que todos me chamavam para alguma coisa ultimamente. O Juiz tinha me chamado para informar que não haveria qualquer privilégio no caso do Dr. Linhares, que eu simplesmente prosseguisse com o meu trabalho. O comitê reunido na casa do Dantas tinha me chamado para uma reunião, Josué sussurrando para Mariana não escutar, que a coisa era séria, que eu viesse logo.

Ronaldo abriu o encontro. Era o momento de agirmos em conjunto, disse. Era o momento de juntarmos as forças. Eu não sabia que forças eu poderia ter, mas alguma coisa havia de ser, não me chamariam sem motivo. Talvez, pensei, quisessem saber os próximos movimentos do Juiz. E eu não sabia o que faria, se eles perguntassem.

— O momento é de crise — falou Ronaldo. — Nós nunca estivemos diante de uma situação tão séria — disse ele, e até mesmo Dantas fez que sim com a cabeça, sem uma piada, um comentário cínico ao menos.

— Não entendo que crise tão séria é esta — falei. — É apenas um caso como qualquer outro. Pode ser um pouco embaraçoso, mas é a lei.

Me olharam com pesar, como se quisessem demonstrar que apreciavam a minha tentativa de ser leal ao meu chefe, mas que eu devia estar brincando.

— Antônio, o Dr. Linhares nunca iria depor diante desse Juiz. Como você pode imaginar uma coisa assim?

— Ele não tem muita escolha. O que ele pode fazer?

— Antônio, o Anselmo não aparece na cidade desde ontem. E não está na fazenda também. Onde ele pode estar?

— Visitando alguém. Um parente em Cambará.

— Antônio, numa hora dessas, ele, o braço direito do Dr. Linhares, iria sumir assim, sem motivo?

— Tu conhece o Dr. Linhares tanto quanto nós, Antônio. Ele já é um homem velho. Por isso mesmo, não tem nada a perder. A terra e a honra são tudo pra ele. O que tu acha que ele pode fazer numa hora dessas?

— Tudo, qualquer coisa — garantiu Ronaldo. — Ele é velho e não tem nada a perder. Ele vai fazer qualquer coisa para não deixar essa ação ir adiante. Qualquer coisa.

— Não podemos deixar isso acontecer. Precisamos tirar esse Juiz daqui o mais rápido possível.

— Deve haver alguma coisa que a gente não saiba — disse Ronaldo, sem olhar para ninguém em particular. —

Alguma coisa que nos ajude a nos livrarmos dele. E a evitar uma tragédia, porque o Dr. Linhares não vai deixar isto assim, e o Anselmo vai fazer o que ele mandar. Deve haver algo sobre o Juiz que a gente não saiba.

— Ele não é perfeito — disse Dantas, o especialista na área. — E com isso nós podemos tentar alguma coisa.

— Quando fui a Porto Alegre falar com pessoas — falou Ronaldo —, todos se mostraram muito interessados em ajudar. Mas disseram que não podiam simplesmente remover um juiz sem alguma causa. Tem que haver algo que se possa usar contra ele.

"Alguém aqui pode insinuar que ele é homossexual", era o que diziam em silêncio, sem coragem de verbalizar um golpe tão baixo. "Alguém pode dizer que ele apóia o divórcio e que isto choca os nossos católicos, ou que é pouco asseado e a população reclama do cheiro. Ou que o viu em situação comprometedora com uma mulher da vida em Taquara."

Mas isso nunca funcionaria; qualquer um, mesmo o menos sóbrio diante da situação, poderia ver que era simplesmente necessário que se tivesse material melhor nas mãos.

Então é isso, pensei, entendendo afinal o que queriam. Eles queriam algo que acreditavam que eu tinha. Não havia nada mais claro no mundo; se alguém podia saber alguma coisa, ou se alguém podia ajudar a inventar qualquer versão que fosse plausível, quem mais, quem mais tinha convivido de forma amigável e próxima com o Juiz? Ninguém mais, era claro.

Então é isso, pensei, encantado com a beleza da situação em que me colocavam. Então essa é a prova que pedem?

O que queriam de mim tinha nome, e não era nem um pouco agradável dizer ou simplesmente pensar. Eu tinha que decidir logo; todos me olhavam calculando o que se passava comigo, prometiam ajuda para o que eu precisasse, lembravam que, depois de todos esses anos, eu não tinha lugar algum para onde ir. Me lembravam de Mariana, do que seria dela. Tudo muito educadamente, como seria de esperar.

Então era isso.

Lembro de ter soltado o ar com gosto, como se coisas demais estivessem presas dentro de mim. Me sentia como um homem livre, afinal. Pelo menos é assim que eu lembro do momento, mas já faz tanto tempo, tanto tempo. Olhei para eles todos, um por um. E enfim falei o que já sabia que ia falar, desde uns minutos antes. As coisas são simples, às vezes.

— O Juiz tem livros comunistas na biblioteca. Não na sala de visitas. Na sala interna, onde ele joga xadrez e lê.

Ronaldo saltou da cadeira.

— Antônio, tem certeza? Isso é muito sério.

— Marx, Engels, todos. Ele lê e acredito que concorde com muitas das coisas que eles dizem. Ele defende essas idéias também.

— Se nós precisássemos, tu assinaria uma declaração?

— Claro que não. Não é preciso. Ele não vai negar. Ele tem os livros e lê. O que mais é preciso saber?

— Anticlerical, anti-social, atenta contra a ordem e a tradição. Hostil contra proprietários rurais. Possui literatura subversiva em casa. Esse é o juiz que nos enviaram. Alguém no Tribunal vai ter que se explicar — disse o prefeito, entrando muito bem no espírito do momento.

— Antônio, a tua contribuição foi enorme. Todos nós vamos ser muito gratos.

— Eu posso ir?

— Claro. Não quer esperar mais um pouco?

— Mariana está me esperando.

— Claro.

Apertaram a minha mão e agradeceram, assegurando que eu tinha prestado um serviço à comunidade, que devia me orgulhar, mas é claro que eu não precisava de quem me dissesse o que eu deveria estar sentindo.

Fui para casa jantar e pedi a Mariana que me contasse histórias da infância dela, da cidade naqueles tempos. Ela me falou da vida de menina, da mãe e da fazenda pequena que tinham, do pai arruinado por dívidas no jogo de osso, indo embora da cidade, de nunca mais se ouvir falar.

Conversamos até tarde, com nós de pinho estalando no fogo, que era uma noite fria. Nos deitamos, Mariana percebendo o meu silêncio sem perguntas, segurando a minha mão, nós dois olhando para o teto de madeira e escutando os ruídos da noite.

Para minha surpresa, pegar no sono não foi nem um pouco difícil, talvez haja algum exagero em tudo o que dizem. Não sonhei nem acordei tomado pelo suor no meio da noite. Simplesmente dormi e acordei, como se tudo fosse exatamente como sempre. Acho que não devemos acreditar em tudo que os livros dizem, ou os filmes mostram.

O Juiz recebeu um chamado urgente de Porto Alegre, e a remoção ocorreu poucos dias depois. Disseram mais tarde que tinha sido fácil, que o governador já tinha problemas em excesso com os militares e não teria motivo algum para apoiar um comunista. O presidente do Tribunal foi sensível; quem não seria, naqueles tempos? Anselmo logo voltou à cidade, para deixar claro que estava tudo bem, que nada iria acontecer. O Dr. Linhares e dona Ana foram, com Juliana, visitar parentes em São Gabriel.

Eu recebi um telefonema em que o corregedor disse coisas que nunca mais repeti, nem para mim mesmo. Ele era um homem correto e digno, e aquilo tudo devia tocá-lo profundamente. Ele foi um dos que preferiu a aposentadoria um pouco precoce a pactuar com 64.

Na verdade, não me importava muito com o que dissessem. O julgamento tinha sido conduzido por mim mesmo, minha sentença me olhava diariamente por entre papéis do Fórum que analisávamos juntos, preparando tudo para o seu sucessor.

Nem uma vez ele fez qualquer comentário ou pergunta. Nunca mais me falou sobre qualquer coisa pessoal. Simplesmente trabalhamos durante os dias que restavam; ele se recolhendo cedo à noite, nada mais de jogos de xadrez, claro.

No dia em que foi embora, não houve qualquer manifestação. Simplesmente o vimos carregar o automóvel com livros e algumas sacolas. O Juiz não era um homem de muitos objetos pessoais, o caminhão com a mudança tinha partido na tarde anterior, não muito cheio. Ninguém apareceu para as despedidas. As pessoas de São João tinham adivinhado que o melhor era a distância.

Eu fui até o automóvel dar adeus, não teria sido possível de outra forma. Ele estava entrando no carro, parou quando me viu chegar, olhando para mim, nos olhos. Olhei de volta.

— Juiz — foi o que eu disse, mais nada, e ficamos ali uns instantes, com ele olhando para mim e para a cidade, em silêncio. Ele trazia um envelope pardo de tamanho grande. Sorriu, olhando para a rua vazia, e me fez sinal para pegar o envelope. Fiz menção de abrir e ele fez que não com a cabeça, então coloquei o volume sob o braço e ficamos ali parados mais alguns segundos. Não estendeu a mão, e eu guardei a minha. Depois de alguns instantes mais, ele entrou no automóvel e foi embora. Eu voltei para o Fórum, onde ainda terminava um relatório para o novo juiz, que estaria chegando a qualquer momento. Retirei afinal o que havia no envelope.

Eram alguns desenhos, feitos em crayon, os mesmos que tenho diante de mim agora, tirados da gaveta onde guardo minhas memórias e coisas assim, ainda no mesmo envelope, protegidos dos últimos, meu Deus, quarenta anos, com quase nenhum amarelo nas páginas a revelar o tempo desde que foram feitos, embora cada um tenha uma data anotada por ele a lápis no canto inferior da página.

O Juiz era um bom desenhista; curioso que nunca tenha falado a respeito deste dom. Olho mais uma vez para o que ele se empenhou em registrar, e vejo uma São João se espalhando entre os morros, a torre da igreja sobrepondo-se ao redor, ainda nenhum prédio com altura para arruinar a linha da cidade, que acompanhava as colinas. Mais um desenho, a cachoeira sozinha, cercada de pinheiros; em outro, a cachoeira, agora mais longe, com Juliana em primeiro plano. O desenho mostra Juliana tão moça que a saudade dela então me aperta; ela está olhando para algum ponto atrás do desenhista, mas posando, claramente, e o desenho é vago e não se percebem as roupas dela, se realmente estão ali. Um outro desenho e agora temos o cânion do Itaimbezinho com nuvens atravessando a garganta. Em outro, um gaúcho na neblina, com o pala escuro contra a luz escassa da nossa iluminação urbana.

Olho mais apertado para o último desenho. Um homem de rosto magro e barba curta, óculos antigos e um tabuleiro na frente, sentado atrás das pretas, como sempre preferi. A legenda diz, "Antônio e um jogo de xadrez, novembro de 1962".

Não posso olhar por muito tempo para este desenho, ou mesmo para os outros. Faço isso agora, claro, e tento escrever enquanto olho, algo muito difícil, embora eu conheça muito bem a localização das teclas, datilógrafo de tantos anos. O médico é sempre claro e rigoroso quando descreve o estado do meu coração e os cuidados que preciso ter.

Nunca mais vi o Juiz, mas soube que ele teve uma ascensão rápida. Em pouco tempo estava em Pelotas, onde aguardou que passasse o pior da década para então aceitar a promoção para a capital. São João não se tornou um estigma para o Juiz, e, em alguns setores, foi mesmo considerado um ponto em seu favor, embora estas opiniões não costumassem ser expressadas publicamente. O Judiciário não gosta de pressões, gosta menos ainda de ser forçado a ceder, e protege bem aos seus, como se sabe.

O novo juiz e São João logo estabeleceram um ótimo relacionamento. Ele era casado, um filho pequeno; era levemente obeso e um amigo de cervejas, de vinhos, e de amigos que seguidamente vinham visitar e que nos deixavam a todos muito orgulhosos, com os comentários que faziam louvando o ar e a beleza daqui.

Juliana deixou que Ronaldo a convidasse para uns poucos passeios e jantares, mas logo ficou claro que não tinha um interesse maior nos planos dele, que já estava pensando seriamente na mudança para Campos, de qualquer forma. Não houve separação, porque nunca houve proximidade. Dona Ana fez com que Júlio se mantivesse longe de São João. Acredito que ele viajou pela Europa e estudou nos Estados Unidos antes de retornar ao Brasil e abrir uma firma de exportação em Manaus. Juliana casou com um dos filhos do prefeito e se desquitou antes do terceiro ano do casamento, indo morar no Rio de Janeiro, onde conheceu o marido atual.

Uma noite, alguns dias após a morte de Mariana, Juliana veio até minha casa. Segurou a minha mão com muito afeto, acho, e sentamos por algum tempo na varanda.

— Eu quero que saiba que gosto muito do senhor. Que sempre gostei.

Disse a ela que sabia disso. Ficamos em silêncio.

— E acho que o senhor sabe que eu amei a ele, não sabe?

Precisei parar um pouco, antes de perceber de quem ela falava. Eram já tantos anos desde o Juiz, que nem ao menos senti qualquer coisa, anestesiado de sentidos, com a falta que me fazia Mariana.

— Eu acho que deveríamos ter sido mais corajosos, todos.

Segurei a mão dela e garanti que todos tínhamos feito o melhor. Juliana sorriu.

— Eu sempre gostei muito do senhor, sabia?

Fiz que sim, que sabia, e ficamos por mais algum tempo sentados ali. Ela falou mais, bem mais, e, após acabar o que tinha para dizer, ficou olhando para a noite sem qualquer palavra. O silêncio se tornou a nossa norma dali em diante.

O Dr. Linhares se tornou mais recluso e morreu em 77, não sem antes lutar de todas as formas contra a ação que Bento venceu e terminou por confirmá-lo como mais um Linhares. É claro que a justiça, ou ao menos o Judiciário, tinha descoberto São João, e isto era irreversível. Acho que, de algum modo, o Dr. Linhares se convenceu de que pior teria sido um julgamento pelo Juiz — a quem ele via como um inimigo pessoal —, e que ter um outro ocupante do cargo conduzindo o processo, de alguma forma, era tolerável, embora seja difícil para qualquer um a defesa de uma tese tão tênue. Mas os velhos precisam de todo o apoio para seguir com suas vidas, e, de qualquer forma, o Dr. Linhares estaria livre do pior; de ver a lei partir as terras entre os três filhos, uma vez que isto somente aconteceria quando da divisão da herança. Morreu mal, com o câncer doendo mais do que a morfina seria capaz de amenizar. Fui visitá-lo poucos dias antes do fim, um velho assustado com a morte, muito pequeno na cama de mogno, os ossos saltando do rosto, uma coisa indigna do homem que sempre tinha sido Temístocles Linhares. O medo fazia o Dr. Linhares tratar a todos muito mal. Disse coisas a Juliana de que se arrependeu. Pediu padre e a mulher ao lado nos instantes finais. Quando se foi, deixou em todos a sensação de órfãos de uma época. Gostaria de acreditar que ele, de um outro mundo, ou de um outro lugar deste mesmo, pudesse saber o quanto a sua ausência foi sentida. Na verdade, deixei de acreditar no que quer que fosse, e hoje — com relação ao que quer que se siga a esta vida — sinto mais curiosidade e menos medo a cada dia. Neste ponto me percebo mais forte do que o Dr. Linhares, e, não há por que não admitir, saber disso me faz bem. Nós, que ao longo de todo o tempo vivemos vidas pequenas, precisamos destes consolos.

Campos cresceu num ritmo assustador, e Ronaldo Vieira junto. O supermercado tem filiais até mesmo em Santa Catarina, e ele entrou para outras áreas. Hoje tem fábricas de sapatos e uma firma que troca araucária por eucalipto, no que, creio, eles chamam de reflorestamento. Os jovens de São João hoje sonham com estudos em Porto Alegre ou Caxias, mas se satisfazem com empregos em Campos.

São João virou uma cidade de turismo. Temos hotéis, fazendas convertidas em hotéis e ainda hotéis que fingem que já foram fazendas para que os paulistas ricos que nos freqüentam possam se fotografar sobre cavalos, vestidos como gaúchos. De uma forma, São Paulo veio até mim, uma vez que nunca mais fui até ela. Temos agora um spa, ou algo assim, e até mesmo estrelas da Globo aparecem por alguns dias, quando querem parar de fumar, esquecer um namorado ou namorada, ou ainda perder quilos em excesso.

Todos estes hotéis foram construídos fora da cidade. São João, em si, mudou pouco. Em Campos, o furor moderno construiu prédios de dez andares no meio do mato, uma vez que as mulheres deles voltam de Porto Alegre com o desejo de morar em apartamentos. Destruíram quase todas as antigas casas de madeira dos seus pais e avós, e no lugar colocam prédios brancos e de tijolo, portas com vitrais, estátuas nas salas. Dinheiro novo faz dessas coisas.

Continuei morando em São João e não me arrependo por nem um instante. Um homem deve viver sempre no lugar que melhor entende, é o que acredito. Eu entendo São João, de forma intensa e completa, com um conhecimento adquirido duramente, a preços de mercado. Certamente nos merecemos, a cidade e eu.

São cinco e meia da tarde e já está quase escuro. Lá fora, a temperatura chegou aos sete graus, e ainda vai esfriar muito hoje à noite. O chafariz da praça está funcionando, e as luzes coloridas projetam fantasmas na cerração que já começou. Olhando pela janela, vejo Juliana Linhares e o marido carioca, que vieram passar as férias de inverno dos filhos, como sempre fazem. Escuto a motocicleta de Júlio Linhares passando pela estrada atrás da minha casa, mas é apenas um ônibus cheio de turistas em busca da vida simples de uma cidade serrana. Todos nos empenhamos ao máximo para que eles não saiam daqui desapontados.

Agora, vou sair para a caminhada de todas as tardes, que tanto desagrada ao meu médico; passeios onde eu vejo a beleza da serra, e ele, pneumonias à espreita. Sentado no meu lugar de costume, junto ao lago, vou pensar no Juiz. O que escrevo é uma homenagem e, talvez, um pedido de perdão. Espero que ele, em algum lugar, leia, e entenda.

Este livro foi composto na tipologia Arrus
BT, em corpo 11/16, e impresso em papel
Chamois Fine Dunas 80g/m² no Sistema Cameron
da Divisão Gráfica da Distribuidora Record.

Seja um Leitor Preferencial Record
e receba informações sobre nossos lançamentos.
Escreva para
RP Record
Caixa Postal 23.052
Rio de Janeiro, RJ – CEP 20922-970
dando seu nome e endereço
e tenha acesso a nossas ofertas especiais.

Válido somente no Brasil.

Ou visite a nossa *home page*:
http://www.record.com.br